JE N'ENTENDS PLUS QUE TON SILENCE
est le trois cent vingt-huitième livre
publié par Les éditions JCL inc.

Catalogage avant publication de Bibliothèque et Archives Canada

Laplante, Laurent, 1934-

   Je n'entends plus que ton silence

   ISBN 2-89431-328-4

   I. Titre.

PS8573.A631J42 2004   C843'.6   C2004-941829-7
PS9573.A631J42 2004

© **Les éditions JCL inc.**, 2005
Édition originale : mars 2005

Je n'entends plus que ton silence

Les éditions JCL inc., 2005
930, rue Jacques-Cartier Est, CHICOUTIMI (Québec) G7H 7K9
Tél. : (418) 696-0536 – Téléc. : (418) 696-3132 – www.jcl.qc.ca
ISBN 2-89431-328-4

LAURENT LAPLANTE

Je n'entends plus que ton silence

Roman

LES ÉDITIONS JCL

Nous reconnaissons l'aide financière du gouvernement du Canada par l'entremise du Programme d'aide au développement de l'industrie de l'édition (PADIÉ) pour nos activités d'édition. Nous bénéficions également du soutien de la SODEC et, enfin, nous tenons à remercier le Conseil des Arts du Canada pour l'aide accordée à notre programme de publication.

Gouvernement du Québec – Programme de crédit d'impôt pour l'édition de livres – Gestion SODEC

À l'amour.

Le mardi 23 janvier 2001

La mort me rejoint, mais lâchement. Par un détour qui devrait lui mettre le rouge au front. Elle s'en prend à Julie. Pas à moi qui n'ai que faire de ses menaces, mais à Julie qui, elle, voulait vivre et qui ne le pourra pas. Pire encore, la camarde, sadiquement, coupe la communication entre Julie et moi, mais nous impose, à elle et à moi, dans deux univers séparés, des mois, trop courts et trop longs, trop nombreux et pas assez, d'attente et de souffrances. Je vivrai ce sursis équivoque à côté d'une Julie hors d'atteinte. Peut-être est-elle écrasée de douleur, mais je ne puis en être certain, car elle est incapable de bouger, muette, exilée et silencieuse sur son versant désolé de l'existence. La nuit que nous venons de passer l'un près de l'autre et l'un loin de l'autre est ce que j'ai vécu de plus infernal dans ma vie. Pour elle, ce fut probablement pire encore. Et ce n'est peut-être qu'un avant-goût.

Le médecin m'a parlé, longuement et techniquement, mais ses explications désincarnées ne visaient qu'à dorloter sa conscience et à brasser l'air. Son jargon et mon hébétude m'ont empêché de saisir le détail du diagnostic. Peu m'importe d'ailleurs, car ce qui m'a rejoint suffit à m'anéantir: l'accident de voiture dont Julie a été victime ce matin lui a brisé une jambe, mais le choc a surtout causé une commotion cérébrale majeure. Julie n'a pas repris conscience et aucune science

9

n'ose garantir qu'elle le fera. Léthargie que Julie pourrait vaincre? Coma de durée indéfinie? Coma dépassé et inconscience irréversible? Comment m'y retrouver quand les spécialistes s'y perdent? Comme si cela ne suffisait pas, les examens subis à l'hôpital ont révélé que Julie portait, à mon insu, une virulente tumeur cancéreuse au cerveau. En m'assénant cette révélation, le médecin me tenait sous son regard rugueux: quelle sorte de mari avais-je été pour que ma femme m'ait caché son drame? Moi non plus, je le confesse avec douleur, je ne m'explique pas ce silence de Julie.

Je ne sais rien des tomographes axiaux, rien de la résonance magnétique, mais le verdict de ces sismographes médicaux est sans équivoque: une tumeur maligne a fait son nid dans le cerveau de Julie. Il est trop tard, dit ce qui se qualifie de science, pour contrer le mal. Chimie, chirurgie, trépanation, tout abdique. Julie, enclose dans sa nuit solitaire, est la proie d'une bête qui lui ronge la tête. Traumatisme et cancer réduisent à néant l'espoir de voir le cerveau ranimer l'élocution, la motricité renaître.

Je jette ce résumé dans mon journal comme un exorciste brandit ses grigris contre les grimaçants démons vomis par les ténèbres. Délibérément, je recours aux mots les plus tranchants, à ceux qui vont me forcer le plus efficacement à affronter l'horreur. Pour que me pénètre jusqu'à l'âme l'enfermement de Julie, je dois dire ce qu'il est réellement, voir ma Julie sans laisser euphémismes et adoucissements me voiler sa misère. J'exige des mots qu'ils portent avec moi le poids de l'horreur. Le romancier que je suis a appris que les mots obéissent peu et trahissent souvent. Je ne les laisserai pas ouater le naufrage de Julie. Édulcorer le diagnostic, susurrer ce qui doit claquer comme un arrêt de mort, évoquer benoîtement la noire agonie qui ensevelit ma Julie, ce serait mentir. Me mentir. Ce serait épaissir et hausser par ma surdité et mon incompréhension les murs qui l'enferment. Des mots existent qui doivent conserver leur brutalité pour que je rejoigne vraiment Julie: mort, coma, métastases, fonctions végétatives... Tout autre vocabulaire serait lénifiant.

Combien de temps avant que frappe la fin annoncée? Après une réponse évasive qui se voulait sans doute compatissante – «Il y a des cas qui résistent étonnamment...» –, le médecin a laissé tomber: «Sûrement moins d'un an. Pensez en termes de mois.» À son ton, le nombre de mois n'épuisera pas une main. Terriblement long. Terriblement court. Que souhaite Julie? Et moi, ai-je le droit de souhaiter quelque chose? Et quoi?

Ce que je me répète, dès ce soir, c'est que Julie ne vivra pas ses dernières semaines ou ses derniers mois dans une chambre d'hôpital, qu'elle ne mourra pas dans un cubicule aux agonies interchangeables. Cette mort proche et inévitable, qu'elle vienne happer sa proie dans notre tanière, là où nous nous sommes aimés, là où nous abolirons à notre gré les normes, les règlements, l'anonymat, les quarts de jour et de nuit. La mort peut interrompre notre vie, pas nous priver de ce qu'elle a été.

Je vide un dernier verre de vin et je ferme l'ordinateur. Il ne reste que peu de temps avant l'aube. Dans quel univers vagabonde ou se lamente l'âme de Julie?

Le mercredi 24 janvier 2001

J'ai passé l'avant-midi au chevet de Julie, à caresser sa main tiède et inerte. Quel abîme sépare nos pensées? Je n'en sais rien. À aucun moment je n'ai senti son âme dans ma main. De la voir devant moi, soumise à d'étranges machines par des réseaux de tubes et de fils, enturbannée de blanc, les paupières étanches, la jambe enveloppée d'un plâtre, effroyablement seule dans sa nuit, les larmes m'emplissaient les yeux. La rage aussi mène ses assauts. Pourquoi elle et pas moi? Pourquoi une survie aussi contraire à la vie?

Quand l'infirmière vint donner des soins à Julie, elle détourna sans le savoir le cours de mes pensées. En la voyant ajuster la pâle coiffe de ce beau visage, je ne pus m'empêcher de lui demander:

« Sent-elle quelque chose? »

D'un regard sur moi, elle vérifia la portée de ma question. Allait-elle me servir, elle aussi, un petit discours alambiqué et peu compromettant? Elle hésita un instant. Son verdict me fut sans doute favorable, car elle me répondit comme une personne.

« Moi, je crois que oui. De toute manière, j'aime mieux me tromper en pensant que oui. Quand les personnes reprennent le dessus, elles disent qu'elles se souviennent. »

Réponse sobre, chaleureuse, honnête. Un pari sur la vie, sur l'attente de l'autre. La détermination à laquelle

12

j'en suis arrivé dès hier soir me revint irrésistiblement en mémoire. Cette femme la jugerait-elle démente? Je pris quand même un détour.

«Est-ce qu'elle va avoir besoin de toutes ces machines pendant longtemps encore?»

Ma ruse ne la trompa pas. Si elle fut surprise que la question vienne follement vite après l'hospitalisation, elle n'en laissa rien paraître. L'antiseptique anonymat de la machine hospitalière devait glacer bien des gens et elle le savait.

«Vous vous demandez quand vous pourrez la ramener chez vous?»

Elle me regarda de nouveau intensément. Elle aussi prit un détour: à question prudente, réponse oblique.

«Non, les machines ne sont pas là pour longtemps, mais elle aura besoin de soins. De beaucoup de soins.»

Mes mains et ma moue lui dirent clairement que j'étais prêt. Elle insista pourtant pour amener ma résolution au grand jour. Elle avait raison. Mon rêve devait se dire.

«Personne ne vous obligera à la ramener chez vous avant des semaines, mais si vous avez une autre idée...»

Elle continuait d'envelopper Julie de ses attentions, vérifiant la moiteur de sa peau, lissant les draps jusqu'à l'affaissement des plis, pour que rien ne la blesse. Mains efficaces et douces.

«Je suis prêt à tout», dis-je avec difficulté.

Je ne suis pas certain d'avoir articulé «je l'aime», mais l'infirmière m'avait entendu. Encore une fois, sa réponse dépassa mon attente.

«Pensez-y mais, si vous voulez que je vous montre ce qu'il faut faire, vous pouvez en apprendre un bout chaque fois que vous viendrez. Vous aurez besoin de patience.»

Elle avait perçu que je serais là souvent. J'étais trop ému pour répondre. En quelques mots, elle avait donné consistance à mon fol espoir. En un instant, elle avait substitué à l'idiome glacé des normes le langage du respect et de l'amour. Seul lui importait le «je l'aime» que je n'avais peut-être pas prononcé. Je hochai la tête à plusieurs reprises, silencieux et touché. J'ai, en effet, tant à apprendre que j'ose à peine serrer la main de Julie, que je ne l'embrasse que d'un effleurement des lèvres.

«Si ce n'est pas moi qui suis de service, j'avertirai ma compagne.»

Ma raison protestait contre mon délire. Pas question, disait ma tête, de priver Julie des soins hospitaliers. Il fallait que la douleur m'égare pour que ce rêve naisse en moi dès le lendemain d'une telle secousse. Il n'empêche que la réaction de l'infirmière nourrissait mon rêve. Sagement, elle avait parlé de patience, mais elle avait laissé naître le projet. Qu'elle ait soupesé mon utopie sans jeter les hauts cris me fit accepter de bon cœur ce qui, sous couvert de gentillesse, était un rappel à l'ordre.

«Quand elle sera chez vous, vous aurez besoin d'une infirmière de temps en temps. J'ai des compagnes qui font du service à domicile. Si vous le voulez, je vous donnerai des noms. Ça va vous prendre aussi un peu d'équipement. Comme ça, par exemple.»

Sa main pointait vers le lit et montrait les manivelles contrôlant l'inclinaison des segments. J'étais maintenant disposé à accepter les contraintes et les incompressibles patiences. Sortir Julie au plus tôt de ce milieu aseptisé où la souffrance se banalise. La ramener dans notre antre, lui offrir les présences, les sons, les odeurs qui ont composé son monde. Espérer qu'un bruit familier ou un parfum résistant à l'amnésie s'insinue jusqu'à l'âme et la tire de son sommeil, comme le miraculeux baiser du conte de fées. Comme une bête blessée qui cherche le couvert pour souffrir loin de tout, je voulais soigner Julie à temps plein, l'embrasser et la veiller sans mesure. Soit, laissait entendre l'infirmière, mais l'amour exige son content d'humbles apprentissages.

Je vais essayer de dormir. Je ne sais si j'y parviendrai, mais je vais certainement me laisser envahir par l'image de Julie revenue chez nous et restituée à notre intimité et à mon amour.

Le jeudi 25 janvier 2001

Ni le regard ni les gestes de l'amant ne sont ceux des professionnels de la santé. Le corps de la femme aimée change lui aussi selon que la main caresse ou ausculte. Quand l'infirmière – Évelyne, me dit-elle en indiquant son badge – passe en suavité une débarbouillette humide sur les flancs amaigris de Julie, je vois le geste efficace, nécessaire, correct, normé comme dirait notre époque. Quand elle me prie d'agir à mon tour, je ne sais plus qui je suis face à cette nudité qui m'a toujours secoué et que j'ai reçue chaque jour comme un cadeau royal et immérité. Évelyne comprend ce qui se passe, mais insiste pour que j'observe, que j'enregistre, que j'adapte – j'allais dire ma caresse, mais cela ne répond plus au besoin – mon geste à ce que demande le corps pathétique de ma Julie. À ce que souhaite aussi son âme, mais pour cela je pense ne pas avoir besoin de leçon. Saurai-je jamais lui nettoyer correctement les oreilles? Lui masser doucement les gencives? Écarter ses jambes pour essuyer sur le doux épiderme de ses cuisses les humeurs de la nuit sans me laisser distraire et emporter par ma tendresse? Apprentissage troublant où l'amour est d'un piètre secours tant il trouble la neutralité que l'œil et la main doivent apprendre. Je me sens plus voyeur que dans nos heures les plus érotiques, intrus comme jamais je n'ai osé l'être dans la relation entre Julie et ses soins de beauté et d'hygiène féminine. Certes, le vieillissement de deux partenaires conduit à des soutiens inattendus et à maintes redéfinitions de l'intimité physique, mais c'est dans l'autre sens, d'elle à moi, que j'avais prévu l'évolution et que j'en entrevoyais l'accomplissement. Mon vieillissement s'accélérait alors qu'elle demeurait fringante comme une pouliche. C'est elle qui s'ingéniait à me soustraire à l'effort sans ameuter ma vanité de mâle. Elle n'avait jamais eu à demander mon aide. Et voilà que la dépendance s'inversait.

Évelyne neutralisa mon malaise.

« Vous ne pouvez pas donner à votre épouse moins que ce qu'elle recevrait ici, n'est-ce pas? »

Puis, comme si elle en avait trop demandé, elle a tempéré le défi. Elle laissait sa place au rêve, mais elle gagnait du temps, le temps requis par l'apaisement de Julie et mon noviciat d'infirmier.

« Votre épouse aura sûrement besoin de piqûres, mais vous en parlerez à l'infirmière... »

Quand nous avons renouvelé la literie, bordé Julie trois fois plutôt qu'une, je fus tenté de lui trouver meilleure mine. Évelyne a sans doute intercepté mon regard satisfait.

« Vous voyez bien qu'elle apprécie! »

Je me suis assis ensuite près de Julie, le fauteuil contre le lit. J'étais épuisé, tendu comme au sortir d'un examen déterminant. Je n'avais pas remercié l'infirmière que déjà se refermait la porte de la chambre derrière elle. Je ne sais plus si, dans ma main, Julie a vraiment raidi un doigt ou si mes vœux ont embelli ma perception, mais j'étais si heureux de l'avoir cru un instant que j'ai passé les autres heures de ma longue visite à lui tenir la main et à guetter le prochain message. Vainement. Je me blindai contre les idées noires.

J'écris pendant que le vent règne sur l'extérieur et que le froid rend les vitres opaques dans presque toutes les pièces de notre maison déshabitée. Je mange mécaniquement un morceau de fromage et j'engloutis mon rouge. Devant moi, un catalogue de fournitures d'hôpitaux. J'y ai repéré le lit qui accueillera Julie.

Je n'ai évidemment pas travaillé au roman mis en chantier en novembre. Je n'y retoucherai peut-être jamais. Julie occupe ma pensée et aucune concentration ne peut se substituer à celle-là. Si je me cramponne à l'exigence de ce journal, c'est que j'y retrouve Julie. Quand j'allume l'ordinateur en fin de journée pour survoler les heures écoulées, je renoue avec nos rituels et Julie me rejoint par la pensée. En attendant que...

Le vendredi 26 janvier 2001
Mélange de déception et de réconfort ce matin. Évelyne n'étant pas de service, c'est avec une autre infirmière que s'est poursuivi mon apprentissage. J'allais renoncer à mes cours quand cette femme nettement plus jeune qu'Évelyne m'a rasséréné.
«Évelyne m'a mise au courant. Je trouve ça très beau. Aimez-vous mieux que je vous laisse faire? Je ne dis pas un mot tant que ce n'est pas nécessaire?...»
J'aurais voulu être seul avec Julie, compenser par mes caresses ce que mes soins avaient forcément de maladroit, mais j'ai reculé devant une telle autonomie. Je n'étais pas prêt. À aucun point de vue. Ni dans mes gestes ni surtout dans l'acceptation de ce qui m'est une intrusion dans l'intimité de Julie. Mieux valait apprendre encore, profiter de ce qu'un regard moins complice que celui d'Évelyne me voie à l'œuvre et détecte mieux mes maladresses. La jeune femme tint d'ailleurs parole. Elle me regarda faire. Pendant toute la séance, elle demeura debout à la tête du lit, la main de Julie dans la sienne, lui massant doucement l'épaule de l'autre main. Cette délicatesse me donna le courage de lui poser la question qui n'avait cessé de me hanter:
«Est-ce que vous sentez une pression dans votre main?»
Elle aussi décoda l'interrogation.

« Pas actuellement, mais ça peut se produire n'importe quand. »

Elle faillit ajouter, j'en suis certain, que cela pouvait aussi ne jamais se produire. Elle préféra ne pas tuer l'espoir.

« Ne vous surprenez pas si elle ouvre les yeux. »

J'avais réfléchi aux tâches à venir. La plus grande difficulté, je la pressentais du côté de l'alimentation. À l'hôpital, on pouvait la nourrir par voie intraveineuse, mais chez nous?

« Il faudra en parler au médecin, fit prudemment l'infirmière. Quand elle aura ouvert les yeux, on verra si elle accepte de boire. »

Elle hésita un instant avant de poursuivre prudemment :

« Elle ne mangera pas toute seule, vous savez! »

Je n'en demandais pas tant. Il me suffirait que se lézarde cette pétrification et que renaissent au moins certaines facultés. Je ne serais que trop heureux de courir à leur rencontre. Quand l'infirmière quitta la chambre, elle me fit ses compliments : l'infirmier novice avait des dispositions. Elle se permit même d'ajouter, bénéficiant sûrement des confidences d'Évelyne :

« On sent que vous l'aimez. »

Seul avec Julie, sa main dans la mienne, je lui soufflai d'une voix mouillée :

« Oui, je t'aime. »

En revivant cet instant alors que s'épuisent mes dernières énergies du jour, les larmes m'emplissent les yeux. Voir Julie dans cet état me dévaste l'âme et fait de moi une loque. Je n'aspire plus qu'à me traîner chaque matin à l'hôpital pour parler longuement à Julie, avant de regagner ma tanière, de me verser le vin rouge en surabondance et de taper ce journal jusqu'à ce que la fatigue et l'alcool multiplient les cafouillages du clavier.

J'achève, seul et en plein désarroi, une soirée pénible. Je suis rentré directement à la maison en quittant l'hôpital, pour qu'on puisse me rejoindre rapidement en cas d'urgence ou, bien mince espoir, d'une évolution heureuse. Je ne me suis jamais résigné à traîner la laisse qu'impose le téléphone portable, mais je me ferai violence si cette dépendance me renseigne plus rapidement au sujet de Julie. Deux messages m'attendaient dans notre boîte vocale. Nos amis les plus intimes avaient appris le drame, s'informaient, réconfortaient. J'appréciais leur amitié, mais je n'étais pas d'humeur à encaisser leur sollicitude. Ils le sentirent, se déclarèrent disponibles et s'effacèrent discrètement. Je décourageai les deux couples de se manifester trop tôt à l'hôpital. Peut-être Julie profiterait-elle davantage de leur présence dans quelque temps. Je n'y crois pas moi-même.

J'ai encore mal soupé de ma cuisine rudimentaire, dépanné par les réserves du congélateur et la stupide magie du micro-ondes. Je continue à siroter et à grignoter tout en traitant l'ordinateur comme un impavide confident. Dehors, la bourrasque qui gagnait en ampleur sur le chemin du retour précipite son élan. La nature oppose son indifférence à la condition humaine. Dans la maison, la musique, par ses amples mouvements, s'efforce de me pacifier. Elle m'impose de courts, très courts instants je ne dirais pas d'abandon, mais de moindre tension, jusqu'à ce que je retraite devant un nouveau déferlement de tristesse. Plus direct, le vin rouge anesthésie la douleur et rend mes gestes moins fébriles.

Une fois de plus, l'écriture me sert de bouée de sauvetage. J'écris à la recherche de moi. J'écris parce que je ne sais rien faire d'autre. Parce qu'écrire, étrangement, avive et ankylose mes douleurs en me forçant à les dire. À raconter ma journée, j'alanguis le cours du temps et je quémande un second regard sur mes souvenirs avant de les ensabler. Le reste? Aucun attrait. Le journal du jour traîne par terre, replié sur ses manchettes agitées. Elles ne me rejoignent pas. Le roman policier que j'ai ouvert pour m'y noyer a failli à son mandat. J'en étais à la troisième page que j'avais oublié les deux premières. Je sirote mon rouge, je mords dans mon emmenthal et je tire sur le fil de la mémoire. Les plus belles heures de ma vie avec Julie refluent vers moi, bousculées à tout instant, violemment traversées par la passion de Julie sur son lit d'hôpital. Impuissance visqueuse et insupportable. Je suis l'enfant de serf dont parle Dostoïevski. Muet devant la sadique punition infligée à son père, il voit les molosses du maître se lancer à la poursuite du moujik puni et le dépecer vivant. Enfant impuissant devant l'indicible. Contraint de graver dans sa mémoire fidèle la fuite humiliante et futile de son père sous l'assaut des chiens. Brisé parce qu'il sait que son père devine la permanence de l'image. Et s'impose à moi, infiniment douloureuse, la vision de Julie noyée dans son coma pendant que je demeure sur la rive, spectateur désarmé.

Je me rabats sur ma folle rancune à l'égard de l'hôpital. J'ai su tout à l'heure à quelle heure le médecin examinera Julie demain matin. J'ai jonglé longuement aux propos qu'il pourrait me tenir. D'avance, je me prémunis contre eux. Va-t-il décrier mon projet de ramener Julie à la maison? Que trop prévisible! Mais que lui opposer? Mes doigts n'ont rien à dire à l'ordinateur. Je suis juste assez lucide pour comprendre que je me perds en supputations stériles et rendues erratiques par l'excès de vin. Je ferme l'appareil. Que tombe sur moi le sommeil de la brute.

Le samedi 27 janvier 2001

Ce matin, la tempête rugissait. Il était bon que s'imposent à moi des nécessités aussi indiscutables que celles de repousser la neige crispée contre la porte et de concentrer mon attention sur la conduite de la voiture. J'étais parti tôt pour devancer le médecin auprès de Julie. Je n'eus pourtant que quelques minutes seul avec elle, car j'avais calculé la durée du trajet sans tenir compte des éléments.

Évelyne était de retour. Elle m'intercepta devant le poste de surveillance des soins intensifs.

« Elle a ouvert les yeux ce matin, me souffla-t-elle comme on glisse un message à un autre maquisard. Bon signe! Le médecin vient tout à l'heure. »

Le regard de Julie, cruel à son insu, ne s'alluma pas pour m'accueillir. Ses fines paupières, presque translucides, émouvantes feuilles de thé, étaient closes, désertées de tout frémissement. Il me sembla pourtant, peut-être parce que je tenais à y croire, que sa respiration naissait de profondeurs plus sereines, qu'elle parvenait mieux à entretenir et à exprimer la vie. J'embrassai sa joue, toujours craintif devant l'appareillage qui, de toutes parts, l'enserrait et, j'allais dire, la violait. Je tirai le lugubre fauteuil contre le lit pour m'amarrer au plus près. Sa main dans la mienne, je la regardai intensément, ne sachant comment lire sa placidité. Sommeil? État végétatif? Était-ce la scène figée et définitive ou un pas vers un certain mieux? Dans ma main, la tiédeur de la sienne ressemblait davantage à ce qu'elle m'était auparavant. Contre toute logique, je me remis à échafauder des rêves.

Le médecin entra, suivi d'Évelyne.

«Comment la trouvez-vous? me demanda-t-il.

— Mieux, mais je me sentirai plus certain si vous confirmez mon impression.»

Il s'était approché du lit. D'un geste fluide, il avait saisi le poignet de Julie. Le métier l'avait habitué à compter les messages de la veine tout en poursuivant la conversation.

«Le pouls est nettement meilleur», dit-il.

Il n'avait pourtant pas lâché le poignet de Julie, comme s'il se donnait à lui-même une corroboration ou entendait un autre signal.

«Garde Lessard me dit qu'elle a ouvert les yeux ce matin», ajouta-t-il tout en inscrivant une note dans un dossier qu'il couvait comme un secret personnel.

J'attendais mieux. D'emblée, l'homme m'avait déplu. Rien en lui de cette chaleur qu'Évelyne irradiait. Je m'étais mis en garde contre les clichés: les médecins, leur froideur clinique, leur peu d'empathie... En vain: il incarnait tout cela.

«Le tonus musculaire me semble un peu meilleur, mais à peine. Avez-vous la même impression?»

Sobrement, Évelyne fit signe que oui. Elle appréciait sans doute qu'on sollicite son avis, mais pressentait qu'on ne lui demandait pas d'élaborer.

«Avez-vous essayé de lui humecter les lèvres?»

Nouvel acquiescement silencieux.

«Et?...

— Pas de réaction ni dans un sens ni dans l'autre, mais c'était la première fois ce matin. Quand j'ai vu ses yeux.»

La précision ne nous atteignait pas de la même

manière, le médecin et moi. J'étais réconforté par la complicité qu'Évelyne établissait spontanément avec mes débordements. Lui, j'imagine, cochait ses points de repère, les comparait aux probabilités scientifiques. Il était une référence, pas un appui.

«Et les yeux? Sont-ils demeurés ouverts longtemps? Bougeaient-ils?»

Évelyne commença par la fin. Le plus sûr.

«Non, ils ne bougeaient pas. Je ne sais pas combien de temps elle les a ouverts. Je faisais ma ronde en début de journée et j'ai vu ses yeux. Ils se sont refermés presque aussitôt.»

Le médecin rumina le tout sans un mot. Il dégageait sûrement le sens de ces bribes d'information, mais il ne se pressait pas de me mettre dans la confidence. D'ailleurs, il ne s'adressait encore qu'à Évelyne.

«Humectez davantage. Plus souvent et plus abondamment. Si elle absorbe, allez-y avec un peu d'eau. Quelques gouttes pour commencer.»

Ils échangèrent encore quelques propos d'ordre technique: soluté, respirateur mécanique, encéphalogramme... Malgré mon désir de partager le drame de Julie, autant de références inintelligibles pour un profane. La science n'avait que faire des ressources de mon amour. Le médecin n'avait parlé que pour Évelyne. Comme un enfant oublié par la conversation des adultes, j'avais réagi en m'extrayant du dialogue. Je regardais Julie, tentant de tout mon être de percer son silence, attentif en son nom à ce qu'on disait d'elle, partageant pitoyablement ses espoirs et ses craintes. Le médecin posa enfin l'œil sur moi.

«Les choses se déroulent comme prévu. L'état de votre femme se stabilise et vous devriez la voir ouvrir les yeux de plus en plus souvent. Si tout va bien, on pourra enlever une bonne partie de cette toile d'araignée.»

Son geste visait les machines qui, de fait, cernaient Julie comme une proie, l'investissaient comme une place forte aux défenses vaincues. Qu'il endosse ma perception me surprit et me plut. Évelyne saisit l'occasion de plaider ma cause.

« Si elle tolère l'eau, puis un peu de solide, j'imagine qu'elle pourra quitter les soins intensifs?

— Oui, oui, fit-il presque machinalement, avant de me fixer plus directement. Je ne veux quand même pas que vous vous attendiez à des progrès rapides, ni... »

Il ne cherchait pas ses mots, mais la façon de prévoir ma réaction.

« ... à un retour complet à la santé. »

Je déglutis avec peine. Il ne m'apprenait rien. Il reprenait son premier pronostic.

« J'ai compris ce que vous m'avez dit, docteur. Je veux simplement la ramener dans son monde le plus tôt possible. La sortir d'ici. »

D'un geste qui imitait le sien, je désignais la toile d'araignée. Il me regarda pourtant comme si je venais de proférer une grossièreté.

« Je vous comprends, fit-il sans m'en persuader. Mais vous ne mesurez pas ce que cela veut dire. »

J'avais vu affleurer une assez sordide préoccupation dans les réticences du médecin. J'avais prévu la chose et ma décision était arrêtée depuis les premiers mots d'encouragement d'Évelyne. Une colère sourde passa quand même dans ma réponse.

« Ne vous inquiétez pas de ça, docteur. Je vous dégagerai de toute responsabilité. Et l'hôpital aussi. »

Son regard se durcit, mais il ne fit rien pour nier que cela ait été le fond de sa pensée. Il insista pourtant, pesamment, sur la nécessité d'attendre quand même une amélioration.

« Cela vous donnera le temps de voir tout ce qu'il lui faut de soins professionnels. »

D'un côté, les professionnels comme lui; de l'autre, ceux qui, désarmés comme moi, n'offraient que leur amour. Inutile pour Évelyne et pour moi d'évoquer mon naïf apprentissage.

« Comptez sur nous, docteur », fit Évelyne avec une humilité qu'il ne remarqua même pas.

Cela m'aurait choqué si elle n'avait alors esquissé à mon intention un imperceptible sourire : à quoi bon lui en parler? Je me tus. Sa complicité se fit explicite quand le médecin quitta la chambre. Oui, il faudrait du temps, mais ce n'était pas impensable.

« Puisque vous l'aimez! »

La journée s'est ensuite étirée avec une lenteur oppressante. Malgré les cafés infects auxquels je recourais pour contrer la fatigue et les ressorts inhospitaliers dont me lardait le fauteuil près de Julie, je glissai à plusieurs reprises vers un mauvais sommeil. J'avais pourtant le plus puissant motif de veiller, l'espoir de recevoir à mon tour l'éblouissement d'un regard de Julie. Puisque Julie ne m'avait pas réservé son premier, comment me refuserait-elle le suivant? Et tous les autres jusqu'au dernier? J'ai somnolé plus que je n'aime l'admettre. Des images sont là, dans ma tête, pour en témoigner, des images que ma raison n'aurait pas osé construire, mais qui affleuraient dans ma torpeur, nourries par mon désir inentamé de ramener Julie chez nous au plus tôt. Je l'imaginais, beau gisant fragile, au mitan de notre chambre, et moi, penché sur son sommeil et suppliant ses yeux. Puis, la somnolence refluait et m'accordait une relative lucidité. Je m'efforçais de deviner si Julie avait ouvert ses yeux pendant que les miens, malgré moi, démissionnaient. Les heures passèrent sans que m'émeuve l'éclair tant désiré, sans que je puisse savoir si j'avais succombé au sommeil au mauvais moment. Je quittai l'hôpital en fin de journée, en saluant mollement la remplaçante d'Évelyne. Oui, elle avait près d'elle le numéro de téléphone de notre maison.

Le soir me retrouve, selon d'inamovibles dépendances, devant l'ordinateur. À ruminer ma journée. Avec un changement d'attitude dont j'ai un peu honte. Je me coule dans mon journal d'une autre manière, prêt à m'y confesser plus crûment encore qu'à l'accoutumée, à m'y mettre à nu sans rien celer. Je le reconnais : une part de cet afflux de franchise provient de ce que jamais Julie ne lira ces pages. Pas joli, le supplément de brutalité de ce miroir.

J'en cachais pourtant bien peu à Julie. Mais un doute me restait qui inhibait certaines réflexions. À propos de la mort en particulier. À propos, plus précisément, de la quotidienneté de mon désir de mourir. Julie, certes, savait que j'éprouve depuis toujours le désir de me suicider, mais je ne la torturais pas en lui répétant chaque jour ce qui, pourtant, occupait totalement mes pensées. Mon journal se ressentait de cette pudeur. Je n'ai plus à prendre de précautions oratoires. Mon journal s'en trouve libéré. Mot salissant.

Étrange sentiment. Alors que, paraît-il, le tout dernier moment de la vie provoque dans la tête et le cœur le défilé vertigineux de toute l'existence, la chute de Julie dans son abîme amorce déjà en moi le survol de notre destin. Ce survol que Julie fera peut-être à mon insu ou qui lui sera interdit par son pauvre cerveau, je l'entreprends déjà. Que me reste-t-il d'autre à tenter, maintenant que tout a basculé ? Aussi bien commencer, puisque j'en ai pour des heures et des jours, je le sais. Comme tant de fois, je m'installe face à l'écran d'une façon qui, même si elle ne la critiquait plus, déplaisait à Julie : une assiette grossièrement chargée de crudités et d'une tranche d'emmenthal, la bouteille de rouge à la gauche de l'écran. Quand j'entamais ainsi une soirée d'écriture (je m'astreins à écrire à l'imparfait), Julie se confectionnait un isolement parallèle. Elle aussi effectuait son « entrée en solitude ». Elle lirait contre un fond musical, se ferait couler un bain, viendrait me dire bonsoir, lirait peut-être quelques pages adossée à son oreiller. À moins d'avoir interrompu ma rédaction pour la rejoindre, j'entendrais ensuite le déclic de sa lampe de chevet. Le silence de la nuit s'étendrait alors sur les introspections qui ont toujours nourri mes romans et que les critiques ont si souvent moquées. Je rédigerais quelques paragraphes, quelques pages, ne voyant pas défiler les heures si l'inspiration me soutenait. À une heure plus ou moins tardive, j'irais me glisser près d'elle. Sa respiration garderait son rythme apaisé et je savourerais moi-même une certaine paix à la sentir près de moi. Ce soir, je ne sais si une bouteille de rouge suffira, mais l'écriture doit prendre possession de moi. Je n'aurai de cesse qu'après m'être dit à moi-même, amoureusement mais avec une lucidité aussi sèche que possible, ce que nous allons devenir tous les deux. Que vienne la nuit si elle veut, c'est de mort que j'entends parler. Le reste a si peu d'importance. Revoyons-la cette existence qui fut nôtre et qui s'achève!

Le début, je le revois. À l'intérieur de notre couple, c'est à moi qu'appartient, depuis toujours et en exclusivité, la parole sur la mort. Julie aborde rarement le sujet. À croire, comme je l'ai fait longtemps, qu'elle hésite entre craindre la mort et l'ignorer.

Je digresse, enjambant les décennies. Depuis l'accident de Julie, je suis moins certain de mes perceptions. Quelque chose a changé, quelque chose de si radical qu'il me faut, pour en saisir l'énormité, parler délibérément de Julie au passé. J'en pleure de rage et de chagrin, mais il m'incombe désormais d'explorer le mystère par mes seuls moyens puisque le temps où nous aurions pu unir nos âmes pour nous expliquer, ce possible est englouti dans le passé. La Julie qui aurait pu m'expliquer son silence n'est plus là. Mutisme figé et irrévocable après un mutisme inexpliqué. Pourquoi Julie s'est-elle murée dans le silence?

Car Julie gérait calmement sa santé alors que je visais plutôt à fragiliser la mienne. Julie, en désaccord avec mon désintérêt, vibrait de vie et subissait des examens médicaux périodiques. Pas de nervosité particulière, mais une vérification méthodique. Julie ne voulait pas de surprise. Elle se voulait vivante et bien dans sa peau. Il n'entrait pas dans ses vues de laisser l'initiative à la maladie ni même au vieillissement. Elle entendait saisir les avantages d'une détection hâtive, établir horaire et régime alimentaire selon les règles de la prudence. Elle était belle et se fixait comme horizon de le rester. Une forme de plus, merveilleuse, d'honnêteté. Et d'amour. Dès lors, comment aurait-elle pu ignorer sa tumeur? En ignorer la malignité? Ne pas même en soupçonner la présence? J'ai peine à imaginer cela. Plus de peine encore, dans tous les sens du terme, à interpréter son silence si elle savait. Si Julie savait et ne m'a rien dit, qu'en conclure, sinon qu'elle savait, elle aussi, regarder la mort dans les yeux et traiter avec elle? Même sur ce terrain que je croyais mon fief, aurait-elle été mon égale, peut-être même ma devancière? J'en suis bouleversé. Non parce que cela serait une humiliation, mais parce que nous n'aurions pas su partager un commun dédain de la mort. Tout dépend, bien sûr, de ce que Julie savait de son cancer et du moment de la révélation.

L'enquête s'impose. Pourquoi les médecins qu'elle a consultés refuseraient-ils aujourd'hui de me dire s'ils l'avaient avisée de son état? Le doute m'emplit l'âme. Je croyais tout savoir de la mort, entretenir avec elle une relation privilégiée. Je l'avais apprivoisée à force de me rappeler ma précarité, de la concevoir comme présente, tapie, imprévisible et souveraine. La mort est intégrée à mes pensées, à mon quotidien. Elle est là et c'est tout. Quand tombent mes contemporains, je salue leur départ en ne voyant rien dans leur mort qui justifierait l'étonnement ou l'émotion. Leur mort est une abstraction; c'est leur absence qui me blessera. Je me dirai alors que la mort est passée comme elle devait le faire et voilà. Pourquoi faudrait-il jouer la surprise? Ne sont secoués que ceux et celles qui préfèrent ignorer que tous les humains sont périssables. Pour ma part, je dialogue avec la mort plus qu'avec les amis que je n'ai plus. Je ne serais même pas capable de dire depuis quand la mort occupe ma pensée. Pas capable non plus de me souvenir d'une journée d'où aurait été absente la pensée de la mort.

Je n'ai pourtant jamais dialogué avec la mort à la manière d'un mystique. La garder devant moi n'est pas un agenouillement devant un quelconque être suprême. Ce n'est pas non plus un geste d'humilité. Elle frappe tout le monde et j'en fais le constat. Sans trémolo ou si peu.

Non, cela n'est pas honnête et j'ai dépassé l'heure des simulacres. La mort n'est pas pour moi un simple constat. Elle exerce sur moi, depuis aussi loin que je me souvienne, une dominante attraction. Elle m'attire à elle et j'aspire à la rejoindre. Elle pratique sur moi depuis des décennies une pédagogie de l'érosion et du dépouillement qui a éliminé tout ce qui pouvait nous tenir éloignés l'un de l'autre. Sa présence en moi (je pense à la cage d'os de Saint-Denys Garneau) m'a enlevé tout goût pour ce qui motive mes semblables. Pourquoi s'entêter dans la course à la célébrité puisque la mort conclut? Pourquoi dramatiser le manque d'argent puisque, de toute façon?... Pourquoi payer tribut à l'agitation mondaine si, irrévocablement, la mort y met fin? En s'interposant jour après jour entre moi et les diverses propositions de la vie, la mort m'a isolé et détaché de tout. Sauf de la pensée de la mort. Du moins jusqu'à Julie. Et jusqu'à l'accident de Julie.

Julie. À la seule évocation de Julie et de son corps de gisant pétrifié par le destin, les yeux me piquent, la rage me secoue. Je prends prétexte de la crise de larmes qui m'emporte pour passer me baigner le visage dans l'eau froide et pour, oui, passer à la bouteille suivante. En mon absence, le logiciel de protection de l'écran a pris l'initiative de jouer les indispensables et il scintille, intempestif et ridicule, comme un arbre de Noël en octobre.

Julie. Il a suffi qu'elle paraisse et m'éblouisse de ses vingt ans pour que la mort se heurte en moi à une rivale de taille. Je voulais toujours me suicider, mais la vie s'était incarnée dans un visage et dans un corps qui m'ancraient sur l'autre rive. Pour la première fois, à presque trente ans, vivre me paraissait mériter l'effort. L'amour que Julie me prodiguait avec effervescence obligeait la mort à feutrer ses appels, à moins imposer ses vertiges. Le suicide? Je n'y renonçais pas; je lui demandais d'attendre un peu. Je ne m'épanouissais pas, mais la survie, qui me paraissait jusque-là dépourvue de sens et même au-dessus de mes forces, devenait temporairement plausible. La mort me tirait à elle, mais la main de Julie tenait la mienne. Des années durant, j'ai baigné dans l'ambivalence.

Le temps fit le reste. Le jour vint où le demi-mot ne me suffit plus. Je rendis explicite ce que Julie soupçonnait presque depuis notre rencontre. Elle n'apprit rien, j'en suis certain, mais elle sut avec certitude que j'étais en sursis. «La mort en moi faisait son nid.» Dieu merci, elle n'était pas femme à se culpabiliser sans fin. Elle posa une seule fois la question: qu'aurait-elle pu faire de plus ou de mieux? Sainement, elle perçut ma réponse comme vraie et ce fut tout. Tout venait de moi et rien ni personne, pas même elle malheureusement, ne pourrait me greffer un instinct vital. Le chromosome de l'attachement à l'existence ne faisait pas partie de ma génétique, et des années de philosophie et même de méditation ne m'avaient jamais intégré ni à un ordre du monde ni à la joie de respirer. Je n'avais pas décroché sous l'assaut des déceptions; il n'y avait jamais eu accrochage. La vie en elle-même m'était insupportable et cela venait de moi seul, non des gens ou des griffures de l'existence. Julie ne comprit jamais – y avait-il d'ailleurs quelque chose à comprendre? – à quoi correspondait cette fêlure de mon être, car elle fut toujours une vivante, mais elle saisit à jamais qu'elle n'avait aucun reproche à s'adresser. Si je me suicidais, me fit comprendre son silence concentré, elle serait pétrifiée par mon absence, mais jamais elle ne s'attribuerait maladivement une culpabilité ni même une responsabilité. De mon côté, je mis du temps à apprécier avec justesse l'ampleur du cadeau qu'elle m'offrait, celui d'une immense liberté. Je n'avais pas à renoncer à ma mort par crainte de l'accabler de remords. Elle me pleurerait, mais elle ne se torturerait pas avec la rengaine du «qu'aurais-je dû faire?» Dès ce moment, j'aurais dû douter, m'interroger sur les relations que Julie et la mort pouvaient entretenir. Mais, tout à ma prétention, je demeurai naïvement convaincu que la mort n'avait que moi comme adversaire impossible à intimider.

Les années ont passé. Infiniment équivoques et douloureuses. Je ne parvenais pas à promettre ma durée à Julie. Je vivais, mais ne consentais pas à m'abandonner au cours du destin. Julie, sans le dire, mais presque de jour en jour, me disputa au néant. J'aurais voulu plus que tout au monde la rassurer, mais j'avais et j'ai toujours trop mal à l'âme pour contracter un engagement à long terme. Julie, de bout en bout, me maintint la tête hors de l'eau à grands renforts de tendresse, de chaleur, d'amour. Elle m'insufflait l'existence comme, paraît-il, le Yahweh de l'Éden avait inséré la vie dans l'argile modelée par ses mains en soufflant dans la bouche qu'il avait taillée. Pendant des années, nous avons vécu ainsi, elle toujours consciente, constamment sur le qui-vive, moi souffrant de la vie et de la souffrance que j'imposais à Julie.

⌐Un soir, au creux d'un lit sans fond dans une posada portugaise, je fis, dans nos larmes mêlées, une promesse qui, depuis, fait ma fierté et ma douleur : je n'attenterais pas à mes jours tant qu'elle ne m'en aurait pas donné la permission. Cent fois je me suis reproché cet engagement, cent fois j'ai refusé de le renier. Jamais je n'ai eu à risquer ma vie pour Julie ; c'est ma mort que je lui ai sacrifiée.

Une fois encore, je dois me rappeler à l'honnêteté. Le terme de sacrifice n'est pas approprié. Je n'ai jamais renoncé à me suicider et je n'ai donc pas sacrifié ma mort. J'ai consenti à Julie un certain droit de veto. Et encore ! Ce que les politiciens appelleraient un veto suspensif. Un sursis, pas plus. J'espérais et j'espère toujours de son amour la levée de son veto. Me sachant déjà mort à tout, incapable de mordre ou de vibrer à quoi que ce soit, elle ferait elle aussi son bout de chemin. Elle ne m'imposerait pas implacablement une existence qui m'accable. Je n'avais pas l'indécence d'espérer un troc du style « je consens à vivre et tu consens à ce que je ne vive pas ». Non. J'avoue pourtant que je comptais obtenir un jour son aval. Un tel calcul me fait honte, même s'il a rarement affleuré dans la zone consciente.

Nous en étions là jusqu'à la semaine dernière. Ma résolution est demeurée ferme à travers le temps. Julie m'en donnerait-elle la permission que, aujourd'hui encore, je mettrais fin à mon existence. Si, malgré tout, les années se sont accumulées sur ma tête au point que ma mort, à soixante ans, troublerait à peine la dernière

décimale des statistiques, ce n'est pas qu'une quelconque hésitation se soit interposée entre le grand saut
et moi, mais à cause de cette promesse. Je ne mettrai
pas Julie devant le fait accompli, je passerai à l'acte dès
qu'elle aura acquiescé à mon vœu. Pas avant.

Dans nos conversations en aval de cette nuit qui
dure en moi comme un adoubement, il n'a jamais été
facile d'évoquer sereinement ce pacte étrange. Quand
je reviens à haute voix sur cet engagement murmuré
dans l'amour et dans les larmes un tendre soir, Julie se
statufie. Plus un mot. Le regard gris me fixe comme à
travers le fin rideau liquide d'une cascade de mon-
tagne. Nous sommes tous deux prisonniers de l'im-
passe : elle sait mon penchant irréversible, je sais qu'elle
repoussera l'échéance aussi longtemps que possible. Ce
n'est d'ailleurs que de loin en loin que je vérifie sa
pleine lucidité. Chaque fois, il suffit d'un mot, d'une
allusion feutrée pour que je retraite : oui, elle me sait en
attente, toujours tendu vers l'abîme; non, elle ne me
libère pas.

J'ai souvent regretté mon serment. Comment
pouvais-je imaginer que Julie me restitue mon droit de
me donner la mort? Cela, à froid et avec le recul du
temps, saute aux yeux. J'étais coincé dans une alter-
native : ou revenir sur ma parole, ce que je ne ferai
certes pas de gaieté de cœur, ni autrement d'ailleurs,
ou lézarder la résistance de Julie. Rien de facile ou
d'honorable ni d'un côté ni de l'autre.

C'est peu à peu, le vieillissement aidant, qu'intervint
chez Julie autant que chez moi la peur du gâtisme. La
menace planait surtout sur moi. J'étais de dix ans l'aîné
de Julie et je vieillissais infiniment plus vite qu'elle. Mon
hérédité pesait lourd du côté de l'Alzheimer. Quand je
me plaignais de mes articulations ou de mes pertes
d'équilibre, Julie sympathisait sans ressentir l'analogue.
Rien dans son corps ne lui lançait des avertissements

comparables à ceux dont mon organisme me bombardait méchamment. En revanche, Julie me rejoignait dans une certaine terreur : celle qui m'étreint à l'idée de vieillir dans l'inconscience, la dépendance, l'irresponsabilité. Ma volonté de mettre fin à mes jours, elle l'épousait dans le cas d'une vie devenue végétative.

Je me souviens de nos discussions à propos de Pauline Julien. Nous tombions d'accord pour lui donner raison : ne plus pouvoir s'exprimer quand on a fait « métier de parole », cela ne mérite pas d'être vécu. Quand l'actualité a accordé ses manchettes à Robert Latimer, coupable d'avoir tué sa fille par compassion, nous ne faisions pourtant qu'un bout de route ensemble. Mettre fin aux souffrances d'un être cher, cela nous paraissait à tous deux contraire à la loi, mais, tandis que Julie jugeait la décision moralement tolérable, je répugnais à toute forme d'euthanasie. Julie, qui tenait à la vie par toutes ses fibres, ne confondait pas vie et éternisation de l'agonie. Elle était aux antipodes de ma volonté de suicide, mais clamait qu'une vie irréversiblement diminuée et douloureuse peut être légitimement interrompue.

Sur cette lancée, Julie avait tôt fait de me dépasser. Peut-être guidée par son instinct, peut-être aiguillonnée par mes illogismes. Nous ne partagions décidément pas les mêmes vues sur la vie et la mort. Je voulais disposer librement de ma mort, alors qu'elle dévaluait seulement les existences rongées par la souffrance ou la déraison. Je n'aurais jamais attenté aux jours de quelqu'un, pas même par compassion, contrairement à ce qu'avait fait Latimer. Julie, qui répugnait au suicide d'une personne autonome et saine, absolvait sans état d'âme, louangeait presque le meurtre perpétré par compassion.

Nous avons mené sur ces thèmes d'interminables explorations. Chaque cas véhiculé par l'actualité nous trouvait attentifs et prompts à relancer le débat. Nous n'avions eu que des éloges pour le juge qui avait permis à une jeune femme de Québec de mettre fin au traitement qui la maintenait en vie contre son gré. Nous avions protesté d'une même voix lorsque la Cour suprême du Canada avait refusé à Sue Rodriguez le suicide assisté qu'elle appelait de toute son impuissance. D'un même instinct, nous jugions cruel de maintenir en vie contre son gré une personne incapable de mettre fin elle-même à ses souffrances insupportables. Partis de convictions divergentes, nous aboutissions, par détestation commune de la douleur bestiale et de l'abrutissement par dégénérescence, à des positions souvent cousines. Bien sûr, à travers ces échanges apparemment surgis de l'actualité, c'est de nous que nous parlions sans toujours en prendre conscience. De la mort que je désirais et que Julie tardait à autoriser. De la vie avilie que Julie haïssait d'avance.

Il était devenu clair, toutefois, que Julie traçait une ligne de démarcation – un «barbelé», disait-elle – entre la vie et le simulacre de vie que devient l'existence humaine vidée de sens par la douleur et le naufrage de la raison. Clair, mais pas assez encore à mes yeux.

«Je ne voudrais jamais finir de cette manière, disait Julie. Ne rien pouvoir dire. Dépendre des autres en tout. J'aimerais mieux en finir.

— Mais si tu n'es pas en mesure de le faire? Si tu es comme Sue Rodriguez?

— Quelqu'un devra m'aider à mourir.

— Cela, il faudrait que tu le dises explicitement.

— C'est ce que je viens de faire et tu as très bien compris.

— Oui, j'ai compris, Julie, mais si je ne suis plus là, personne ne saura ce que tu désires. Si ce n'est pas écrit noir sur blanc, tu risques d'être traitée comme Sue Rodriguez. Et même plus mal. Car elle pouvait au moins dire ce qu'elle voulait.»

Sur ce terrain, je me sentais cohérent et même suffisant. J'avais rédigé mes dernières volontés. J'avais exprimé ouvertement mon intention de me suicider dès que possible et j'avais demandé que mes proches ne soient pas inquiétés si, à ma demande et peu importe les circonstances, ils avaient prêté la main à mon suicide. Cela ne tenait pas la route légalement, mais cela empêcherait la police ou un quelconque coroner de soupçonner un noir complot là où il n'y aurait qu'un suicide ou un suicide assisté.

« Je devrais le faire, mais l'essentiel est que tu le saches. »

Elle était sincère. Mais, en même temps, elle était si vive, si pleine de vie que les précautions pouvaient attendre.

« L'important, avait-elle répété, c'est que tu le saches, toi. Il n'y a personne d'autre à qui je pourrais demander ça. »

C'est là que j'attendais Julie.

« Et toi, le ferais-tu pour moi? »

Julie m'avait regardé intensément, le temps de vérifier si, par un détour, je ne revenais pas à mon idée fixe. J'insistai.

« Toi aussi, tu sais à quoi t'en tenir. Si je ne suis pas capable de bouger ni de m'exprimer... »

Les yeux de Julie avaient pris une fixité inhabituelle.

« Oui, je le ferais. Et toi? »

C'est à ce moment, trop assuré de la précéder dans le déclin, que je me suis jeté dans le piège. J'ai promis. Et ma promesse revient me hanter cette nuit. Deux promesses exorbitantes dans une vie d'homme, c'est beaucoup. Trop? Ma seule excuse pour ces imprudences? Que les deux m'aient été dictées par l'amour. Toutes deux liées à la vie et à la mort: serment de ne pas interrompre mon existence sans l'aval de Julie, serment d'interrompre l'existence de Julie si sa vie deve-

nait vide de sens. Toutes deux incohérentes, outran-
cières. Et irréfragables.

Je suis crevé. J'aurai rarement écrit aussi longtemps
sur un thème aussi torturant.

Le dimanche 28 janvier 2001
Enfin! J'ai reçu ce matin, fugitif et si désiré, le regard de Julie. Rien ne l'annonçait. J'étais, comme d'habitude, assis près d'elle, sa main dans ma paume, quand j'ai vu frémir ses paupières. L'instant suivant, elles s'ouvraient. J'ai doucement prononcé son nom. Je lui ai murmuré des mots d'amour. J'ai accentué la pression de ma main sur la sienne. Mais les yeux se sont refermés sans éveil des pupilles. Aucun indice de conscience. Qu'a-t-elle perçu? Vers quel refuge s'est-elle enfuie?

Je suis lourdement retombé dans mes pensées marécageuses. Cet instant tant attendu, j'aurais voulu le savourer sans arrière-goût. Mais ce n'était pas le cas. Ma rumination de la nuit m'occupait l'esprit. Julie, tout contre moi, se battait contre l'inconscience. Elle luttait pour briser son isolement, reprendre contact avec le réel, me revenir. Jusqu'où pourrait-elle se rendre? À quelle lucidité accéderait-elle? Que parviendrait-elle à me transmettre? Quelle ressemblance la nouvelle Julie aurait-elle avec celle qui m'a tenu en vie?

La boucle ne se bouclait pourtant pas. Je revenais, en apparence, à la première question adressée à Évelyne: Julie nous entend-elle? Mais mon inquiétude d'aujourd'hui inverse celle de mon affolement initial. Le premier jour, je désespérais de rejoindre Julie; aujourd'hui, je m'enquiers de ce que Julie peut vouloir me dire.

Quand Évelyne est entrée dans la chambre, ma tension lui a confirmé ce qu'elle soupçonnait.

« Vous l'avez vu, vous aussi ? »

Je n'avais pas à répondre.

« Est-ce que les doigts vont suivre ? »

Elle ne répondit pas directement. Peut-être pour me ménager.

« Votre épouse vous revient. Elle est plus présente, plus "avec nous" qu'avant.

— Comme si elle reprenait le contrôle de ses sens ? Comme si elle les ajustait ? »

J'imitais le geste de celui qui tourne un bouton et cherche le point exact de la meilleure syntonisation. Évelyne accepta la comparaison. Elle n'alla pas plus loin, me suggérant prudemment de m'adresser plutôt au médecin. J'eus une moue qu'elle s'abstint d'endosser.

J'eus droit, pendant que nous lavions et dorlotions Julie, à une mise à jour. Évelyne m'informait, mais elle en profitait pour adresser ses félicitations à Julie. Superbe doigté. Notre patiente supportait de mieux en mieux l'eau qu'on lui versait goutte à goutte dans la bouche. Son pouls battait lentement mais avec constance. Évelyne n'avait pas parlé d'un rythme normal. Normal n'aurait pas eu le même sens que pour la personne qui bouge, marche, s'agite. Je devais me satisfaire de ce progrès tout relatif. Sa peau avait gagné en chaleur. Le sang parvenait mieux aux confins de son corps, son épiderme chassait le blanc blafard du début. La vie diffusait sa lueur à la surface de ses pommettes.

« Mais il y a toujours autant de machines et de fils...

— Il y en a qui sont là pour la surveillance. Ils ne donnent rien à votre épouse, mais ils nous avertissent. Quand on retirera le respirateur mécanique, ses poumons à elle et son cœur vont prendre la relève. Après ça, acheva-t-elle, elle ira quelques jours dans un autre département, le temps de vérifier que tout va bien. Regardez!»

Julie avait rouvert les yeux. Le regard était fixe, sans vie, mais les yeux créaient de petites taches de clarté contre la toile de fond des bandages, des draps et de sa pauvre figure. Évelyne s'éclipsa.

«Je vous laisse», dit-elle comme l'on fait devant deux amants avides d'intimité.

Je me dépensai en déclarations d'amour et en appels pressants, mais mon beau gisant ne me gratifia d'aucun autre miracle. Les heures qui suivirent ne me valurent aucune illumination. Je me morfondais au pied du donjon hermétique où errait peut-être l'âme de Julie. Des heures plus tard, j'ai quitté la chambre d'hôpital avec, en viatique, cet instant de regard éteint que je chérissais comme s'il était infiniment plus qu'une fragile lueur dans le brouillard.

Ce soir, je coupe court à mon survol du jour et à mon habituel dialogue avec mon journal. Hier m'a vidé et ne s'est pas laissé décanter. Je vais plutôt m'adonner aux tâches mécaniques que requiert le rangement de la maison. J'en profiterai, j'ose à peine me l'avouer, pour envahir indiscrètement des coins que je n'ai jamais explorés. Comme la table de travail de Julie. Moi, qui n'aurais jamais ouvert son sac à main même quand elle m'invitait à y pêcher son trousseau ou sa calculette, je m'autorise à fouiller dans son agenda. Je berce ma conscience en arguant des circonstances. J'invoque des motifs en effet contraignants, mais cette effraction me gêne. Ce que je cherche – que se taisent mes scrupules! –, c'est l'identité des médecins que Julie a forcément consultés depuis quelque temps, mais je fouine également, la conscience un peu plus rétive, pour traquer le secret qu'elle me cachait. Tout change, en effet, selon que Julie se savait ou non atteinte d'un cancer au cerveau. Au moment où elle m'extorquait – quel mot ignoble surgit sous mes doigts! – la promesse d'interrompre sa vie si elle sombrait dans un état végétatif, se savait-elle touchée? Savait-elle déjà, de façon au moins approximative, à quel moment la mort exigerait, comme Shylock, le paiement de la livre de chair? Il faut que je sache. Mais de cette intrusion dans l'intimité de Julie, j'ai peu d'espoir qu'elle me fasse grief.

Le lundi 29 janvier 2001

Je croyais simple d'acheter un lit d'hôpital. J'en ai pris pour mon grade. Je ne regrette pourtant pas d'avoir enduré le portrait que le vendeur me brossait de la société. Tout juste si je ne succombais pas à mon vampirisme d'écrivain, toujours en quête d'observations inédites. Le gaillard m'a même rassuré. Bien sûr, il aurait préféré que je sois le représentant d'un hôpital et que je lui achète d'un coup de quoi meubler douze salles d'urgence, mais il appréciait que son commerce accueille de plus en plus souvent des gens qui, comme moi, plantent leur tente à distance du système. Il entretenait là-dessus une théorie personnelle peu gentille pour les établissements hospitaliers. En revanche, il rendait hommage au dévouement des proches et des familles.

« Je vois plus de femmes que d'hommes », affirmait-il.

J'ignorai le commentaire. Peu m'importaient ses statistiques sur la longévité des hommes et des femmes. J'avais prévu trépasser avant Julie, mais cela ne le regardait pas. J'extrayais Julie de l'hôpital pour cuver ma douleur entre nos quatre murs et il m'indifférait que d'autres imitent ou non ma sauvagerie d'animal blessé. Je n'allais pas porter notre drame en bandoulière.

J'étais aussi désarmé et vulnérable devant ce vendeur me faisant l'article que je l'avais été autrefois en achetant le cercueil de mon père. Plus encore peut-être.

On ne peut lésiner quand on enterre un proche et les charognards prompts à s'abreuver des larmes des survivants pullulent dans la faune des arrangements funéraires. Industrie qui parasite le chagrin et la mort.

Mon vendeur n'abusa ni de mon désarroi ni de mon inexpérience. Il n'avait d'ailleurs rien à y gagner. C'est moi qui cherchais le haut de gamme, la Jaguar des lits à manivelle et à multiples inclinaisons, et qui exigeais toujours mieux. Tout juste si je m'enquérais des coûts. L'achat, que je croyais régler en quelques minutes, requit tant de temps que j'arrivai à la chambre de Julie un peu plus tard que d'habitude. Une infirmière inconnue achevait la toilette de Julie. Je n'intervins pas dans les soins et j'attendis, vigilant comme un élève qui prépare son propre interrogatoire, la fin du cérémonial. Ma présence, peut-être prévue, ne créa pas l'émoi. Cela ne prit que quelques minutes et l'infirmière quitta la chambre en m'affirmant que la nuit avait été calme et que les forces revenaient.

La main de Julie, me sembla-t-il, pesait plus lourd dans ma paume. Comme si un afflux de vie lui restituait son sens de la caresse. Je pris sa menotte entre mes paumes et soufflai sur elle. Je lui parlai d'amour. De nous. De mon désir de la ramener chez nous. Je lui demandai à voix basse si elle m'avait caché sa maladie. Et pourquoi. Je n'attendais pas de réponse. Je devais cependant la traiter en vivante capable d'entendre, mais pas encore prête à répondre. Qu'elle sache que je rôdais autour de son secret! Qu'elle se réjouisse de ce que je ne lui en tienne pas rancune. Je n'obéissais évidemment pas à la logique, j'avais même quitté le monde du vraisemblable, mais peut-être l'univers construit par l'espoir est-il plus réel que celui de la raison sèche.

Ce soir, j'ai repris mon détestable travail de fouine. L'agenda est devant moi, à côté de l'ordinateur. Son sac, récupéré de l'accident et qui l'avait suivie à l'hôpital, bée près de mon assiette sale et de mon verre familier. Je n'ai rien débusqué de croustillant ou même d'inattendu. Des noms ou des initiales apparaissent, aussitôt rattachés à ses activités, à sa passion pour la musique. J'ai reconstitué certaines séquences : concerts avec Marie-Christine, rendez-vous hebdomadaires au Nautilus, etc. Ce n'est pas ce que je cherche. Le carnet où Julie notait les noms et numéros de téléphone a été à la fois plus précis et moins disert. Il fournissait des informations plus complètes sur les personnes, étalait des informations obsolètes dont certaines me faisaient sourire : le nom d'un couple que nous ne fréquentons plus depuis des lustres, les prénoms accouplés de personnes depuis longtemps envolées vers des amours centrifuges... Il est facile d'élaguer. Nous fréquentions si peu de gens que, même étalée sur plusieurs années, la cueillette se stylise en un mince bouquet. J'élimine vite les amis, les gens dont je connais ou entrevois le rôle amical ou professionnel. Ne reste enfin qu'une poignée de noms et de numéros de téléphone. C'est en les repassant que j'aperçois enfin ce qui aurait dû me frapper depuis le début : Julie note d'abord le nom et le prénom, puis elle ajoute, quand elle le juge bon, en minuscules et entre parenthèses, une information dont elle seule pourrait calibrer l'importance. Après le nom d'un artiste dont elle a acheté une toile, je lis « fiac » et je me rappelle son enthousiasme pour la Foire internationale d'art contemporain de Paris. Il suffira de quelques minutes pour localiser quelques sigles transparents : *gyn, den, maz...* La suite est affaire de croisements : je cherche dans l'agenda les noms qu'accompagnent de telles notations. Je décrypte assez rapidement ce qui concerne l'entretien de sa voiture, les visites chez la coiffeuse et, enfin, les rendez-vous chez le dentiste, chez la gynécologue. Cette Alexandra de Grandpré m'intéresse particulièrement. Julie lui vouait une grande confiance. En peu de rencontres, Julie avait noué avec cette femme des liens étonnamment rassurants. Grâce à ce médecin, la ménopause s'était vécue dans le calme. Puis, il y avait eu des tests poussés pour évaluer les risques d'ostéoporose. Profane en la matière, comment saurais-je si un test traquant telle anomalie révélera aussi des problèmes de santé complètement différents? De la gynécologie à l'ostéoporose, je pouvais, à la rigueur, imaginer une relation, mais le cerveau? Un cancer?

Pour je ne sais trop quel motif, j'ai replacé scrupuleusement les affaires personnelles de Julie là où mon espionnage les avait saisies. Je n'avais pas à me sentir coupable, mais j'avais eu l'impression, gluante, de fouiller dans les papiers personnels d'une morte. Comme si j'envahissais son jardin secret avant même qu'elle l'ait quitté. Comme si la page, déjà, se tournait. Est-ce cela éponger son deuil?

Je passai au salon, interrompis la musique qui avait joué tout ce temps à cent lieues de ma conscience et m'écrasai dans mon sécurisant fauteuil de lecture. Mes derniers verres de rouge précipitèrent dans ma tête la sarabande des scénarios. J'allais me coucher comme un abruti quand un éclair me vint que je notai immédiatement pour n'en pas perdre le souvenir: les hôpitaux émettent-ils encore leurs propres cartes d'identification? Inscrivent-ils encore sur ces cartes les rendez-vous de leurs patients? Je n'avais pas pensé à regarder si les cartes de Julie gardaient la trace de ses rendez-vous dans les hôpitaux.

Le mardi 30 janvier 2001

Le ciel était en furie ce matin. Neige, poudrerie, froid. J'ai fini, réflexion faite, par renoncer à me rendre directement chez la gynécologue. J'aurais préféré plaider ma cause de vive voix, mais je n'aurais pas été reçu. Ces gens n'existent que sur rendez-vous et leur horaire chargé les place hors d'atteinte. J'en eus confirmation quand je téléphonai à la gynécologue en question. Une voix impersonnelle m'a invité à décliner mon nom et les motifs de mon appel et à attendre qu'on me rappelle. Je me suis fait pressant, ajoutant du drame là où en surabondait déjà. Vainement. Madame était occupée, sa secrétaire tout autant. On m'a même refusé toute approximation du délai à subir. Et clic! Naïvement, j'ai pensé que la gynécologue profiterait d'un intervalle entre deux visites pour me rappeler, mais une heure passa sans sonnerie. Je ne pouvais quand même pas patienter toute la journée devant le téléphone. J'ai branché le répondeur et j'ai roulé vers l'hôpital. J'étais de mauvais poil, les autres conducteurs également.

Cette heure à poireauter m'avait donné le temps d'extraire du portefeuille de Julie ses différentes cartes. J'y avais trouvé, de fait, une carte d'identité émise au nom de Julie Sicard, son nom de jeune fille, par l'hôpital universitaire. Carte vierge de toute référence à un quelconque rendez-vous. Je l'avais enfouie dans ma poche de veston, pour m'enquérir des spécialités de cet hôpital.

Je me relis et j'ai presque honte de moi. Je pousse à l'extrême la minutie de ce journal non plus pour y rassembler la matière de mes romans, mais pour amener à la lumière le secret de Julie, et voilà que je m'égare dans le dédale des consultations, des bureaucraties. Je décris le décor et j'échappe l'itinéraire. Julie risque de m'être moins présente, moins «pressante». Julie suscite mes gestes, mais chaque geste attire mon attention sur lui, l'accapare goulûment, devient prétentieusement sa propre raison d'être. Ce qu'on fait pour les gens peut-il nous empêcher de penser vraiment à eux? Toute ma vie, ce risque m'aura menacé. Je tenais à me comporter en pourvoyeur efficace, mais le pourvoyeur en moi ne diminuait-il pas la tendresse de l'amant? Et le romancier n'imposait-il pas à notre couple sa présence de voyeur? Je me glorifiais de travailler sans arrêt, mais que voulait Julie? Étranges sables mouvants que les gestes et les habitudes. Ils piègent les grands sentiments qui les ont suscités et les engluent dans le détail et les agitations stériles. L'amour enfante le geste, puis le cérémonial envahit la scène. Le rituel accède à une sorte d'autonomie et il ronronne même si la foi s'est évaporée. Les religions sont touchées par les rituels qui devaient les servir, mais les humains aussi. J'ai moins d'excuses que jamais de céder à cette force centrifuge: Julie seule importe. Et en Julie ne doit m'importer que le peu de temps qui lui reste à vivre. Théorie, cependant, que tout cela. Dissocier l'amour des gestes qui expriment l'amour ne renforce pas l'amour. Cela risque plutôt de l'anémier.

Je m'y perds. La fatigue est là, des questions encore irrésolues me martèlent le crâne et, bien sûr, mon éternel rouge exacerbe les moins contrôlables de mes pensées. Heureusement que j'écris au jour le jour. Quel Petit Poucet égaré je serais sans les traces grâce auxquelles je déjoue l'amnésie.

Quand je suis arrivé à la chambre de Julie ce matin,

elle ressemblait presque à une vivante. Les yeux ouverts, le regard fixe, comme braqué sur le vide ou harponné par lui. De son corps émanait cependant un
début d'énergie. Dès que je pris sa main, je sentis, faible
et diffuse, une pression sur mes doigts. Je lui parlai et
les mots, que je lançais jusque-là comme des messages à
la mer, s'adressaient vraiment à Julie et non plus à son
enveloppe. Pour la première fois, je croyais à une Julie
présente et à l'écoute.

Ce sentiment modifia mes plans. Je prévoyais m'in-
former auprès d'Évelyne des spécialités de l'hôpital
universitaire. Devant une Julie un peu rapprochée du
cercle des vivants, ma démarche devenait indécente.
Raconter mon indiscrétion juste à côté du lit de Julie,
ne serait-ce pas lui révéler par quels détours je m'étais
attaqué à son secret? Si secret il y avait, évidemment.
En parler à Évelyne loin des oreilles de Julie? Pas plus
élégant. La carte de l'hôpital universitaire resta dans
ma poche. Encore l'urgence, toujours l'urgence de revenir à l'essentiel.

Et alors, cet essentiel? Il tient en peu de cibles. Que
Julie savait-elle de son cancer quand elle m'arrachait la
promesse de ne pas la laisser vivre hors autonomie et
sans dignité? Comment a-t-elle interprété ma réponse?
Un fossé énorme sépare, en effet, la question intempo-
relle et presque abstraite de l'interrogation fiévreuse
dictée par le drame. Demander à l'amant si son amour
transcende tout, c'est une chose; lui demander son aide
pour mourir demain, cela ne s'ensuit pas. D'où sour-
dait la question de Julie? Quel engagement avais-je
pris? C'était cela l'essentiel.

Quand Évelyne entra dans la chambre, j'en étais à
raconter mes soirées à Julie. Comment je survolais
notre vie, ce que j'écrivais de nous, avec quelle fébrilité
j'attendais son retour à la maison, avec quelle indifférence je traitais maintenant le roman que j'avais pour-

tant tenu à mettre en chantier... Mon doux délire visait à enraciner ses espoirs, à exorciser son désarroi. Julie avait refermé les yeux et je ne sentais aucune pression sur ma main, mais ma voix sinon mes paroles, je veux m'en persuader, s'insinuait toujours jusqu'à elle.

«Vous avez vu? demanda Évelyne en posant d'emblée sa main sur l'épaule de Julie. Notre malade vient nous voir plus souvent!»

Bien sûr, j'avais vu. J'avais vu aussi, sur un plateau près du chevet, ce qui ressemblait fort à une pipette.

«Oui, elle supporte l'eau. Quelques gouttes à la fois. Ce serait le moment...»

J'apprenais avec joie à aller au-devant des besoins de Julie, même si les soins intimes me troublaient encore. Tout contre Julie, je dressai la liste de ce dont j'aurais besoin à la maison. Autant m'avait répugné l'idée d'interroger Évelyne au sujet des discrets rendez-vous de Julie à tel ou tel hôpital, autant je prenais plaisir à parler bassinette, ustensiles et sonnette d'alarme devant elle. Le pansement qui ceinturait sa tête avait été refait et rendait sa préséance au visage. Ses joues, encore pâles, s'offraient aux baisers.

«J'attends la livraison du lit après-demain matin. Je vais commander après-midi ce que vous nous suggérez. Nous aurons tout ça jeudi matin.

— Vous allez vite! fit remarquer Évelyne d'un air moqueur. Notre malade n'est pas encore prête à partir.»

Tout bêtement, je me tournai vers Julie, comme si elle pouvait me donner son avis. Ses yeux étaient fermés, ses paupières ne tremblotaient pas comme à l'instant qui précède le réveil.

«Mais ça s'en vient, corrigea Évelyne. Comme vous voyez, la toile d'araignée a perdu des fils.»

Cela aussi, je l'avais vu, mais sans pouvoir identifier les machines mises en congé ni interpréter le changement. Le médecin se chargea d'éclairer ma lanterne au moment de sa visite. Il parla de stabilisation, de respiration autonome, de tolérance à l'absorption de l'eau... Appréciations souvent techniques, mais dans lesquelles je puisai de pâles motifs de joie. Il daigna – le terme est peut-être injuste, mais c'est l'impression que j'eus – formuler un pronostic.

« Si tout demeure stable, nous pourrons quitter les soins intensifs. Il serait bon que votre épouse passe encore quelques jours sous observation, mais elle achève d'absorber ses traumatismes. »

Des trois personnes penchées sur Julie, il était le seul à parler d'elle comme si elle n'était pas là, à l'emmurer dans un statut végétal. Seul pourvu de connaissances avancées, seul à ne pas douter. J'avais tiqué en l'entendant parler de stabilisation; à ses yeux il ne fallait plus penser à des progrès importants. Julie était parvenue à l'état qui serait le sien jusqu'à la fin. Stabilisation! Plus par prudence scientifique, je pense, que par intuition ou compassion, il ajouta pourtant une nuance.

« Elle pourra absorber du solide, mais elle ne se nourrira pas elle-même. Il se peut que ses yeux trouvent leur focus. Si cela se produit, vous les verrez s'allumer. »

Il saisit le poignet de Julie.

« Les mains vont aussi reprendre un peu de force, mais ne vous faites pas trop d'illusions sur ce qu'elle peut exprimer de cette manière-là. »

En retrait derrière cet âne savant, Évelyne se dépensait en regards navrés. J'imaginais Julie, rampant péniblement vers la lumière et se faisant faucher la lointaine lueur. Le merci que j'articulai n'exprimait pas ma reconnaissance, comme le crut le médecin, mais mon désir de clore l'entretien avant d'autres dévastations. À moi, dès qu'il serait disparu, de reconstruire la confiance de Julie.

Mes commentaires, je les fis à elle seule. La preuve que la science a des limites et qu'elle ne doit pas nous intimider, c'est qu'elle ignore prétentieusement ce que l'écoute enseigne aux plus humbles. Julie et moi, nous allions rentrer chez nous, nous aimer sans témoin, nous parler de nous, achever l'existence que nous avons bâtie ensemble.

Je profitai d'un moment où le sommeil de Julie me parut apaisé pour aller confesser mon répondeur automatique. Message de la gynécologue qui m'invitait à justifier mon appel le plus tôt possible sur son propre répondeur. Dans l'hypothèse où elle jugerait légitime de répondre à mes questions, elle me rappellerait elle-même demain matin entre huit heures et huit heures trente. Je cherchai aussitôt le lieu discret où je pourrais enregistrer ma « plaidoirie ».

Une fois encore j'allais trop vite. Je réagissais comme si j'avais le droit de tout connaître des secrets de Julie. Le droit de démanteler le mur qu'elle avait érigé. Le droit, surtout, de présumer qu'elle avait voulu me cacher quelque chose. Car, après tout, c'était ma paranoïa qui avait déclenché ma fouille. J'avais été secoué en apprenant le cancer de Julie et je concevais mal qu'il ait échappé à la détection médicale. Mais rien d'autre n'étayait mes doutes. Peut-être n'avait-on rien décelé. Peut-être Julie avait-elle été tenue dans l'ignorance de sa maladie par l'un ou l'autre de ces spécialistes qui ne voient pas pourquoi ils devraient « démoraliser » les gens. Peut-être avait-elle su quelque chose et avait-elle attendu le moment propice pour me mettre au courant. Que des peut-être.

La réflexion affaiblissait aussi l'argumentation que je pouvais présenter à la gynécologue. Qu'avais-je à dire ? Une seule chose : un accident avait conduit Julie à l'hôpital où des examens qui visaient d'autres fins avaient révélé l'existence d'une tumeur cancéreuse au cerveau. Rien d'autre. En professionnelle prudente, la gynécologue se dirait désolée, mais ne verrait pas la pertinence de mes questions. Elle était gynécologue, me dirait-elle, pas traumatologue. Puisque Julie était toujours vivante, le secret professionnel lui interdirait peut-être de me répondre. Et quoi encore? Le pire, c'est que je ne pouvais pas livrer le vrai motif de mon enquête. Je ne me voyais pas disant à ce médecin : « Est-ce que ma femme connaissait son état quand elle m'a fait promettre d'interrompre son existence si vivre ne valait plus la peine? »

Prudemment, je me rabattis sur des explications moins franches, mais plus acceptables. J'expliquai rapidement au répondeur que je cherchais à en savoir plus long sur cette tumeur découverte par hasard, de manière à obtenir une autre évaluation. Ses propres tests avaient-ils révélé quelque chose d'anormal dans l'état de santé de Julie? L'avait-elle référée à un spécialiste apte à porter un jugement pointu? Je notai dans le carnet qui ne me quitte jamais les charnières de ma demande. Je soulignai à deux reprises ce qui devait être mon mot de la fin : je ne blâmais personne, mais je voulais que Julie soit examinée de nouveau. Cela me paraissait défendable. J'allai enregistrer mon petit boniment. Cet après-midi, à côté de Julie, je n'ai cessé de le repasser dans ma tête en jonglant aux probabilités qu'il trouve preneur. Il est maintenant minuit et je corrige encore des formules sur lesquelles je n'ai plus de prise.

Le mercredi 31 janvier 2001

Il n'était pas stérile de peaufiner mes questions à la gynécologue. Quand, fidèle à sa promesse, la docteure de Grandpré m'a appelé, je n'ai pas eu à plaider. Même à mon oreille, ma voix chevrotait, mais ce n'était probablement pas un mal. J'en devenais plus crédible. La médecin avait, de son côté, procédé aux vérifications nécessaires. Sa capacité d'empathie ne la dispensait visiblement pas de prudence. Mon numéro de téléphone correspondait à celui de Julie. Son souvenir de Julie était net et elle nous savait en harmonie. Elle acceptait sans peine qu'un mari aimant veuille un second examen avant de se résigner à la perte de son épouse. Bref, elle me répondait. Oui, elle avait eu des inquiétudes à la suite des tests subis par Julie. Non pas en ce qui concernait son domaine professionnel, car Julie était à cet égard en parfaite condition physique, mais en raison de l'apparition dans son système de symptômes inattendus. D'où le conseil donné à Julie de voir un spécialiste. D'où, sur demande de Julie, un rendez-vous auprès d'un oncologue. De la suite, elle ne savait rien. Elle n'avait pas revu Julie, qu'elle ne recevait d'ailleurs qu'une fois l'an, tant la situation était irréprochable, et elle ne savait même pas si Julie s'était rendue au rendez-vous. Ces informations, je n'eus pas à en forcer la révélation. Elle me les livra avec fluidité. Elle ne sourcilla pas non plus, car elle trouvait la question pertinente dans ma course contre la montre, quand je lui demandai à quand remontait sa dernière rencontre avec Julie. Son agenda faisait état d'un rendez-vous le 20 septembre dernier. Julie avait probablement rencontré son collègue au cours des semaines suivantes, mais elle ne pouvait en jurer. Elle offrit de parler à l'oncologue pour m'éviter de raconter mes peines encore une fois. Il saurait à quoi s'en tenir quand je l'appellerais et il déciderait lui-même de ce qu'il pouvait me dire. Femme chaleureuse, mentalement organisée. Je comprenais pourquoi Julie en était à ce point entichée. Je le lui dis sans chercher à dissimuler mon émotion.

« Appelez mon collègue quand vous voudrez. Je vais tenter de vous obtenir un rendez-vous avec lui. Mieux vaudrait, conclut-elle en hésitant un peu, que vous soyez face à face. Le téléphone a ses limites. »

Je répétai mon merci. Je quittai la maison peu après l'heure de pointe et roulai jusqu'au magasin d'équipement hospitalier. Les ressorts de la voiture protestaient contre les rigueurs de l'hiver, mais une clarté éblouissante faisait accepter le froid cinglant. J'étais heureux de m'immerger dans des détails concrets et bassement pécuniaires avant d'affronter la lecture peut-être cruelle de mon journal personnel de l'automne dernier. Les réponses venaient à la rencontre de mes questions, mais quelles réponses espérer ou redouter?

À l'hôpital, même si je croyais faire partie des meubles, je fis, ce jour-là, figure d'objet volant non identifié. Dans la chambre de Julie, peut-être même dans le lit qu'occupait Julie hier encore, quelqu'un d'autre reposait. Ni plus loquace ni moins hypothéqué. Quelqu'un d'autre. Au poste de contrôle, au cœur de l'étage, une infirmière que j'avais vaguement entrevue les jours précédents m'aida à me réorienter. Les changements dans la condition de Julie – elle évita le mot progrès – lui avaient valu de quitter la zone des soins intensifs et d'aboutir à l'autre pôle de l'hôpital, parmi les patients requérant moins d'attention. Après avoir tant souhaité que Julie quitte au plus tôt sa toile d'araignée, j'étais saisi par la soudaineté du transfert. Je n'avais nul besoin de stimulation paranoïaque pour imputer cette brusquerie au dépit du médecin que j'avais traité en vilain mercenaire. Je ruminai des pensées vindicatives tout en cherchant mon chemin jusqu'à la nouvelle niche de Julie. Comment justifier qu'on ne m'ait rien dit la veille? J'en voulais presque à Évelyne de ne pas m'avoir alerté. Mais avait-elle su?

De fait, elle avait su trop tard. Quand je localisai la nouvelle chambre de Julie, un mot m'attendait à la tête du lit. Évelyne m'expliquait que la décision avait été prise avant qu'elle n'entre pour son quart et qu'elle n'avait pas voulu me relancer aussi tard à la maison. Elle ajoutait ses coordonnées à l'hôpital et chez elle pour que nous puissions rester en contact si je le jugeais bon et si j'avais besoin des services d'une infirmière à domicile. Susceptibilité injustifiée de ma part.

Ma Julie semblait perdue et fragilisée dans son nouveau décor. C'était ma perception à moi, car rien, ni ses yeux clos ni sa dolence n'indiquait qu'elle ait eu la moindre conscience de son déménagement. Je me félicitai d'avoir veillé dès les premiers jours à ce que Julie n'ait jamais à partager sa chambre avec d'autres patientes. Sinon, comment nous parler à voix haute comme nous en avions pris l'habitude? J'ai conscience de l'incongruité de mon propos, mais c'est un dialogue que je mène.

Je traçai pour Julie un bilan réjouissant de son déménagement, une des dernières étapes avant son retour à la maison. Qu'importait le côté lugubre et blafard de sa nouvelle chambre. J'avais pour elle, lui dis-je de plus près encore que d'habitude, une surprise. J'installai alors, à deux doigts de son oreille toujours emmaillottée, le petit baladeur qui l'accompagnait partout et lui prodiguait ses cassettes préférées. L'air pour la corde de sol, que j'avais choisi hier soir, déroula ses volutes de sérénité. Main dans la main, nous avons écouté ensemble cette musique. Cet air nous avait convaincus dès nos premières rencontres que nous voulions vieillir l'un à côté de l'autre et donc que l'amour était là. À demeure. Je sais que l'amour, que l'on dit aveugle, a tendance à s'imaginer des choses, mais je vis ou crus voir frémir les pommettes de Julie. Un frisson glissait sous la peau et montait émouvoir l'épiderme. Peut-être. Ce dont je ne puis douter, en revanche, c'est que Julie ouvrit les yeux. Pour la première fois, à ma connaissance, elle les ferma, puis les rouvrit. Je me taisais, m'en remettant à Bach, assuré que Julie nous savait unis sous le même charme.

Nous en étions là quand surgit l'infirmière de service. Un instant interloquée par la discrète vibration musicale dont elle percevait la présence et dont elle tarda un instant à détecter la source, elle réagit avec un enthousiasme mal contenu.

« Quelle merveille! fit-elle. Que je m'en veux de ne jamais avoir pensé à ça! »

Elle sut se taire et écouter. De nouveau, les yeux de Julie s'ouvrirent, clignèrent avant de s'ouvrir encore. Le moment était, malgré tout, magique. Je n'avais pas à convaincre l'infirmière que Julie était là, présente et attentive. Et je savais, moi, sans l'aide de personne, que cette musique rejoignait Julie où qu'elle fût, qu'elle exorcisait sa peur et lui certifiait que moi et moi seul avais pu choisir cet air.

La pièce arrivait à sa chute et je fermai le petit appareil avant la plage suivante. L'infirmière n'avait rien ajouté, mais elle avait eu, comme les meilleures de ses consœurs, le réflexe de s'approcher du lit et de poser la main sur la peau de Julie.

« Évelyne m'a téléphoné ce matin. Elle vous fait dire bonjour. Je comprends ce qu'elle voulait dire. »

Je donnai à mes sourcils leur arc le plus interrogatif.

« Elle m'a demandé de vous aider... si vous le souhaitiez. On se connaît depuis des années et on se dit beaucoup de choses. »

Elle ne voulait pas trahir les confidences de sa compagne en se montrant trop précise.

« Mais, poursuivit-elle avec un immense sourire, c'est peut-être vous qui devriez m'aider! Que c'est beau! »

Elle ne ressemblait guère à Évelyne, mais elle mit à m'initier à la nouvelle condition de Julie le même doigté, une délicatesse apparentée. Julie consommait un peu d'eau et on commençait à lui proposer comme à un bébé une purée sans parenté avec la nourriture solide, mais qui se substituerait peu à peu à l'alimentation intraveineuse.

« C'est long avant de réveiller les réflexes. Il ne faudra pas vous décourager s'il arrive que tout lui reste dans la bouche et qu'elle n'avale rien. »

De nouveau, j'étais pris en charge. Mon apprentissage se poursuivait. Un souple réseau de femmes compatissantes forçait l'amant et l'apprenti infirmier à distinguer leurs rôles respectifs. Je me sentais face à un nouveau défi, cependant, car les appareils branchés sur Julie se retiraient un à un, l'abandonnant à elle-même et me confiant la relève. Évelyne et ses consœurs m'avaient enseigné les gestes, mais elles avaient toujours été là pour me sécuriser et prévenir mes erreurs. L'heure approchait, et j'avais tout fait pour que cette heure sonne vite, où Julie, démunie comme jamais, dépendrait de moi et de mes hésitantes habiletés.

Je suis sorti de cette journée partagé entre la joie et la rage. Bonheur d'en être à une étape plus avancée;

frustration d'être traité comme un minus par certains prétentieux. Autant j'admirais la capacité des infirmières de tout accueillir et de respecter même le déroutant, autant me heurtait la morgue des médecins. J'avais déplu à monsieur en insistant pour que Julie quitte l'hôpital et monsieur répliquait en bousculant les échéances. « Tu veux avoir ta femme? Prépare-toi, elle s'en vient! »

En roulant en direction de la maison, j'écoutais, encore plus mal disposé que d'habitude à leur égard, les sornettes de Radio-Canada. On y analysait savamment le plus récent des cent rapports sur la réforme du système de santé. Véritables mantras, tous et chacun des commentaires émis par la gent médicale portaient sur le besoin d'argent du réseau. On était d'accord avec tout et son contraire, sous réserve, toujours, de fonds supplémentaires. Il y allait de l'intérêt du public, du bien des malades, de... J'ai fait taire le chœur des affamés repus et j'ai poursuivi ma route dans le silence et le froid. Je fulminais.

Ce soir, j'ai ouvert ma première bouteille de rouge avec une impatience qui devait beaucoup à la mafia médicale. Le frigidaire était à peu près vide et surtout déprimant et j'ai téléphoné pour qu'on me livre une pizza. Mon seul geste sensé fut de sortir quelques pantalons froissés du placard. Si je suis debout assez tôt demain matin, je m'adonnerai aux plaisirs du pressage avec les pauvres résultats qu'ils me valent. Si ce n'est pas le cas, ils aboutiront chez le nettoyeur.

Pendant que se figeait la pizza amputée de quelques pointes, j'ai ressenti le besoin de donner à mes jongleries un tour plus structuré. Depuis huit jours – une éternité –, j'ai été bousculé par les événements, par la quotidienneté, par le système. Julie y perd en densité, en présence. Je m'étais juré, hier encore et à combien de reprises, de m'en tenir à l'essentiel, mais le réflexe cruel d'un médecin borné a suffi pour me déconcentrer. Vivement, me dis-je, en jetant une demi-pizza dans la poubelle, vivement le retour à Julie!

L'ordinateur me calme. Il me régurgite sans plaisir ni hargne les confidences que je lui consens. Sans pitié comme sans rancune, il me répète les seules questions encore pertinentes : quelle portée avait la demande de Julie et à quoi me suis-je engagé à son égard?

Mais la damnée machine me rappelle aussi qu'on livrera demain matin le lit d'hôpital et la ferblanterie que j'ai commandée. Une fois encore, je suis conscrit pour des gestes qui, je le sais, sont dictés par l'essentiel, mais qui, malgré eux, malgré moi, m'en distraient et m'en éloignent. Au lieu de poursuivre avec mon journal de bord la réflexion qui me ramène à Julie et à ce que je lui ai promis, je dois m'interrompre et changer d'abord l'agencement de notre chambre, déblayer, au centre de la pièce, l'espace que requerra le monstre aux manivelles ingénieuses et aux inclinaisons multiples.

...

Ouf! C'est chose faite. Étonnamment, la diversion m'a durement réaffirmé l'essentiel. À extraire de notre chambre et à éloigner tout ce qui ne sera pas lié à Julie, j'ai entrevu les veillées d'armes qui nous attendent. La métamorphose n'est pas exclusivement ni surtout physique, l'élimination pas limitée aux meubles. La maison devient un mouroir, le cérémonial feutré qui accompagne l'extinction de la vie amenuise implacablement l'importance de tout le reste, les pièces que ne fréquentera plus Julie sont frappées de désertification. Ma résolution s'affadit-elle? Aucunement, mais je perçois plus purement qu'avant que nous nous enfermons, Julie et moi, dans un mausolée.

J'ai donc déblayé la voie aux livreurs de demain matin, mais j'en paie le prix. Je suis vanné par l'effort, secoué par la montée des bruits avant-coureurs de la mort et je n'aspire qu'à sombrer dans une autre de mes nuits sans douceur. Si le sommeil ne vient pas, je préparerai mentalement ma conversation avec l'oncologue que Julie a probablement consulté.

Le jeudi 1er février 2001

Une journée dans les limbes. Des heures hors du temps s'interposant entre deux plages de réel. Avant cette journée, notre maison n'avait guère été touchée par l'accident de Julie. Les meubles occupaient toujours les lieux choisis par Julie. Les revues sur la table basse du salon étaient toujours là, dans l'ordre ou le désordre voulu par Julie, ouvertes ou non sur l'article qui jugeait un concert ou peignait un compositeur. C'est cela qui a basculé aujourd'hui.

Pendant que la journée s'enfonce dans la nuit, la vocation mortuaire de notre foyer s'impose à ma vue et à ma pensée. L'image, le mot mausolée. Je n'avais pas prévu cela, du moins je n'avais pas imaginé à quel point l'invasion massive de ce que je dois appeler les meubles du mouroir allait tout modifier. J'avais palpé les objets, mais je n'avais pas pressenti leur domination. Je voyais les deux livreurs entrer et sortir. Je les voyais, à ma demande, installer le monstre de métal dans notre chambre, mais je ne voyais encore que des dimensions, que des gestes. Leur addition m'échappait, leur portée plus encore. Je n'entrevoyais pas l'ébranlement qu'ils allaient précipiter en moi. Au départ des livreurs, mon coup d'œil dans la chambre me bouleversa : Julie n'était plus absente. Elle était là, devant moi, chez nous, mais mourante. Bientôt morte. Avant même que Julie soit de retour chez nous, cette maison où elle avait tenté de faire pénétrer le bonheur malgré mon allergie à la vie, cette maison, «désâmée» en quelque sorte, avait cessé de respirer, de vibrer des vibrations de Julie. Le silence s'était introduit, lourd et minéral. Il attendait Julie. Il allait, m'ignorant, l'engloutir.

J'avais refermé derrière moi la porte de la chambre, incapable de supporter ce décor. Le métal cernait les draps blancs et hurlait à la mort. Mon vieux fauteuil accueillit mon hébétude et me fit glisser dans une glauque résignation. Je ne respirais plus. Je mis plusieurs minutes, j'imagine, à calmer mon halètement nerveux et à redonner à mon souffle son ampleur et son rythme. La tête appuyée contre le tissu imprégné des sueurs de mon pauvre crâne, les yeux clos, je tentai d'apprivoiser l'image de Julie dans ce reposoir cerclé d'acier fonctionnel et inhumain et qui devait plus aux ingénieurs et à l'industrie qu'à la compassion. Je ne sais combien de temps je contemplai les suites concrètes d'une décision que j'avais arrachée au système hospitalier, mais dont je n'avais pas imaginé la dureté physique. Un instant ou davantage, une telle panique m'emporta que je fus tenté de faire machine arrière. Non, je ne pourrais pas m'allonger à un pas de Julie sans vérifier à chaque minute la sérénité de son sommeil. Non, je ne pourrais pas la laisser seule pour les courses quotidiennes ou hebdomadaires. L'angoisse m'étreignait. Je ne saurais peut-être jamais si Julie partageait avec moi le même temps, la même communication. La voir sans la certitude de sa présence, comment l'envisager? Pas jour et nuit, pas constamment. C'était trop. Puis, la panique reflua, comme reculerait une marée fielleuse, me laissant les pores de la peau humides et comme enfiévrés.

La sonnerie du téléphone me força à reprendre pied. Jean-Luc, pour la deuxième ou la troisième fois en dix jours, me relançait. Il y mettait toute son amitié. Il connaît suffisamment mon côté ours pour récidiver

sans hargne et patienter jusqu'au moment où je consentirai à parler. En plus, il me sait, comme nos plus
chers amis, complètement démuni dans l'univers
domestique.

«Viens donc souper chez nous ce soir. À l'heure
que tu voudras. Marie-Christine est certaine que tu
n'as pas mangé chaud depuis des lustres...»

Peut-être à cause de la terreur qui m'avait étreint un
instant plus tôt, je ne sais, je saisis cette main secou-
rable. L'amitié de Marie-Christine et de Jean-Luc allait
me calmer, remettre ma résolution sur ses rails. Certes,
l'hésitation était disparue aussi vite qu'elle m'avait
assommé, mais j'avais été si secoué que ma pensée
s'était grippée. J'étais dans les limbes et la vie reprenait
péniblement ses pulsations en moi. Alors, pourquoi pas
le vin de Jean-Luc et la bouffe maternelle de Marie-
Christine? Une sorte de pause hors du temps, avant de
basculer de nouveau dans mon enfer. La réaction du
coureur de fond qui s'arrête sitôt la ligne d'arrivée
franchie et qui, déraisonnable, se dispense de la transition souhaitable entre l'effort brutal et le plein repos. Il
est prévenu, comme je le suis, qu'il paiera pour ce répit
prématuré mais, plié en deux, mains aux genoux, im-
prudemment immobile, il ne veut plus qu'une chose :
retrouver son souffle. J'acceptai l'invitation, tout en
sachant que la solitude m'attendrait de pied ferme au
retour. L'amitié est décidément une belle chose.

Je ne savais trop, en roulant vers l'hôpital dans un
trafic alangui, comment dire à Julie ce que je venais
d'éprouver. Ni même si je devais lui en parler. Je m'assis
près d'elle et lui parlai, comme à chaque visite, mais les
mots ne coulaient pas. Je tournais autour du pot, me
dépensais en propos aseptisés. Si, derrière ses yeux
clos, Julie avait préservé sa désarçonnante intuition,
mon verbiage n'avait pu la leurrer. Je me défilai. Je
cédai la place à son petit baladeur et laissai Julie s'im-

prégner d'un lumineux Mozart. Je guettai longuement sa réaction, sa main abandonnée dans la mienne, molle et tiède, mais rien ne vint. Quand le ruban acheva sa course, je recommençai à parler. Cette fois, je fus vrai, peut-être parce que Mozart y invitait. Julie sut tout de mon désarroi, de mon creux de doutance. Elle sut que je m'étais repris de mon mieux, mais aussi quels doutes m'avaient ébranlé. J'implorais l'oubli de mes insuffisances. Comment savoir ce que l'autre veut quand l'intuition manque à celui qui doit deviner et que l'autre ne livre aucun indice? À la fin de l'après-midi, j'expliquai à Julie, comme un mari se justifie avant une absence, que je dirais bonjour de sa part à nos vieux amis et qu'elle pouvait compter sur leur affection. Je me sentais scout, englué plus qu'un peu dans les bons sentiments, mais j'apprenais le contact direct avec l'agonie et la mort de Julie, et je ne savais que redouter le plus. Je craignais de me méprendre sur ses volontés. Je craignais notre enlisement à tous deux dans une existence de souffrances imposées à l'autre. Je ne savais toujours pas ce que Julie avait voulu obtenir de moi ni à quoi je m'étais engagé. J'espérais obtenir de l'oncologue des éléments de réponse à ces questions mais, d'avance, je savais que ce médecin ne me dispenserait pas de mes déchirements. Épuisé, un peu lâche, je laissais l'essentiel échapper un instant à ma traque.

Marie-Christine et Jean-Luc accueillirent chaleureusement le revenant enfiévré. Nous ne nous étions pas croisés depuis l'accident de Julie et j'avais, plutôt sèchement je le crains, coupé court à leurs questions au sujet du pronostic. J'avais tranché semblablement avec le seul autre couple admis dans notre intimité. Je savais Marie-Christine et Jean-Luc motivés par leur attachement à Julie, mais nous habitions, elle et moi, du fait de l'accident, du fait aussi de nos conversations conjugales sur la mort, le suicide, le suicide assisté, une zone à laquelle même l'amitié n'avait qu'un accès contrôlé. Au cours de nos multiples rencontres à six, il avait été souvent question, de plus en plus souvent, des offensives menées par le vieillissement. Nous avions souvent admis, chacun et chacune à partir des grincements de ses articulations ou des inquiétudes suscitées par l'apparition d'un kyste, que de Gaulle avait bien raison qui décrivait le vieillissement comme un naufrage. Autour de nous la mort pratiquait ses coupes sombres. Des contemporains proches de l'un ou l'autre couple critiquaient à forte voix l'acharnement thérapeutique. Quelques-uns avaient tranché : ils n'avaient pas accepté la prolongation d'une vie sans dignité. Julie, de onze ans plus jeune que moi, de presque une génération plus ingambe que nos amis, écoutait ces échanges sans vraiment s'y impliquer. Sans non plus, je pense, se sentir concernée. Saine, merveilleusement équilibrée, fidèle, spontanément ou pas, à ce qu'exige le maintien d'une bonne condition physique, Julie goûtait les allers retours sur ces thèmes, mais elle ne s'y investissait pas, ne pouvait pas s'y immerger. Contrairement à nous, elle ne subissait pas l'assaut quotidien du dépérissement et des douleurs nouvelles. Aux yeux de Marie-Christine et de Jean-Luc, l'accident de Julie avait frappé une femme de moins de cinquante ans qui avait toutes les raisons du monde de parier sur l'avenir. À moins, bien sûr, que Julie ait fait à d'autres, à Marie-Christine peut-être, des confidences à moi celées. J'en aurais été surpris, mais pas blessé. Julie a toujours bien mesuré ses audaces et le tribut payé à l'amitié n'est pas à mes yeux une rapine perpétrée aux dépens de l'amour.

L'absence de Julie pesa grièvement sur le début de notre rencontre. Nous étions si modulés par les relations de couple à couple, si rompus à la présence et au témoignage de l'autre, que nous avons tous les trois traversé un certain flou en l'absence de nos repères habituels. Quand Marie-Christine nous invita à manger « en toute simplicité » à la table de cuisine plutôt que dans le décor habituel de nos repas à six, l'impression s'imposa à moi, indiscutable : sa délicatesse nous évitait de regarder la chaise vide qu'aurait normalement occupée Julie. Marie-Christine ne s'y trompa d'ailleurs pas quand je la remerciai de son attention. Sans mot dire, elle m'embrassa sur la joue en me pressant chaleureusement l'épaule. Jean-Luc fut lui aussi à la hauteur : il mit d'abord devant moi un verre d'un de ses excellents rouges :

« Jean-Philippe, tu pars quand tu veux, tu manges ce que tu veux, tu dis ce que tu veux. »

Pourquoi attendre les questions qui, latentes et nombreuses, n'allaient peut-être pas atteindre la moelle? Je livrai sans apprêt le cœur du drame : Julie n'était pas seulement victime d'un accident, elle souffrait d'un cancer qui, de toute manière, achevait de la ronger. De façon peu amicale, je comptais sur la brutalité de ma déclaration pour flairer si, oui ou non, ils avaient eu vent du drame avant moi. Je surveillais Marie-Christine en particulier, non pour m'offusquer d'un secret que Julie lui aurait confié en préséance, mais pour dater – si possible – le moment de la confidence. Tous les sens en éveil, tous les soupçons à l'affût. Je ne détectai chez eux aucune trace d'une connaissance préalable. Je les sentis frémissants, horrifiés devant une malédiction qui alourdissait l'autre, découvrant avec horreur que nous devions tous renoncer à une quelconque résurrection de Julie. À moins de les croire monstrueusement cachottiers et familiers des pires astuces de la dissimulation, l'évidence s'imposait : jamais Julie ne leur avait parlé de son cancer. Marie-Christine ajouta simplement que Julie s'était montrée inquiète d'un examen médical à venir, mais sans rien lui dire de plus. À quand remontait la confidence? À pas longtemps. L'automne? Marie-Christine ne pouvait préciser.

Un silence tomba sur notre trio. Marie-Christine et Jean-Luc absorbaient le choc. Il ne leur était plus demandé de se tenir à mes côtés et d'espérer avec moi le retour d'une amnésique, d'une tétraplégique ou d'une comateuse à une vie moins végétative. Ils devaient faire leur deuil de Julie et accueillir en moi, dès maintenant, le mauvais résidu de l'ami que j'avais été. Choqués par la révélation, ils en étaient écrasés. Je préférais leur silence aux phrases creuses que de moins bons amis auraient proférées. Ils parlèrent peu, ils ne dirent pas de sottises.

D'un commun accord, en vertu d'une amitié dispensée des conventions, nous nous sommes quittés sitôt le repas terminé. Fidèles à eux-mêmes, ils exprimèrent le désir de rendre visite à Julie. J'appréciais qu'ils ne soient pas allés à l'hôpital sans mon accord. Ils avaient eu la délicatesse de ne pas user des droits que confère l'amitié. Il me paraissait maintenant non pas normal, le terme n'avait pas de sens entre nous, mais souhaitable, j'allais dire honnête, qu'ils revoient Julie. Ils avaient compris et admis que je veuille subir notre drame seul avec Julie pendant un temps; ils apprécièrent que j'entrouvre la porte. L'accolade de Marie-Christine et la poignée de main de Jean-Luc transmettaient tant d'affection que je les quittai d'urgence avant de leur infliger ma crise de larmes. Au sortir de leur foyer, l'hiver régnait, glacial et indifférent. Je fus chez nous – chez moi? – en quelques minutes.

Il est donc à peine dix heures et je me retrouve devant l'ordinateur à tenter de fuir mes limbes. Parler à Marie-Christine et à Jean-Luc m'a fait du bien. Les voir réduits au silence et au doute débilitant par la révélation du cancer de Julie ne m'a pas rendu le choc moins exorbitant, mais leur douleur aura néanmoins constitué un réconfort.

Un doute me tenaillait en me rendant chez Marie-Christine et Jean-Luc. Doute dont j'ai parlé avec eux, mais sans le dissiper complètement. Quel poids concret donnaient-ils à nos propos de salon au sujet de la mort? Étions-nous honnêtes jusqu'au bout? Quelle part le théâtre, la volubilité, l'euphorie liée aux bons vins tenaient-ils dans nos pieds-de-nez à l'acharnement thérapeutique? Quand nous nous disions farouchement déterminés à en finir si la vie devenait par trop étique, jusqu'où fallait-il nous prendre au sérieux?

Cela aurait pu, dans un autre contexte, alimenter une soirée de plus. En l'occurrence, non. Car tous ces échanges convergeaient vers une claire et lancinante interrogation: quelles étaient, d'après eux, les convictions de Julie? L'autre incertitude, je me la réservais: à quoi m'étais-je engagé en épousant ses exigences? Comme je ne révélais rien du second volet de ma torture, nos amis évitaient les eaux glauques de mes pensées.

Marie-Christine, que je savais sur la même longueur d'onde que Julie, inclinait à penser que, pour cette femme vibrante, entière, incapable de demi-mesure, aucune contrefaçon de la vie n'était acceptable. Des six avis qui s'exprimaient dans nos discussions parfois orageuses, Julie était la plus opposée au suicide, aussi longtemps du moins que la vie était là. En revanche, elle tolérait et bénissait l'euthanasie, a fortiori le suicide assisté. Plus volontiers que nous tous. La vie lui paraissait digne de toutes les précautions; la demi-vie écopait des compassions les plus meurtrières. Cela, qui concordait avec ce que je percevais moi-même de Julie, constituait une certitude pour Marie-Christine. Jean-Luc, moins intuitif, plus discoureur, convenait que son épouse citait correctement Julie, mais il prétendait «faire la part des choses».

«Quand on s'avance ainsi, on ne parle pas en fonction du lendemain matin. On teste le son des idées, on

leur donne du tonus, mais de là à être lié par l'hypothèse qu'on a défendue, il y a une marge. D'ailleurs,
Julie parle peu de ces questions-là. »

Jean-Luc, Dieu merci, parlait de Julie comme d'une
vivante. Il utilisait le présent, non l'imparfait. À en
juger par le regard en vrille dont elle visait son mari,
Marie-Christine avait redouté le lapsus. Jean-Luc évitait
d'ailleurs un autre écueil : il donnait aux propos de
Julie une interprétation apaisante, celle qui, en tout cas,
m'accordait un maximum de latitude. Julie, oui, c'est
vrai, suppliait qu'on abrège les vies irréversiblement
souffrantes et bestialisées, mais elle le faisait en son-
geant plutôt à Sue Rodriguez ou à Robert Latimer
qu'en référant à un proche. Jean-Luc aurait eu raison à
propos de n'importe qui, mais pas de Julie. Certes,
comme quiconque, Julie défendait en société et même
au sein d'un groupe comme le nôtre des thèses radica-
lisées et rendues plus tranchantes que nécessaire, mais
nous avions, elle et moi, trop souvent débattu de ces
questions pour que je ne sache pas, granitique sous les
ajouts sociaux, la farouche adhésion de Julie aux opinions qu'elle exprimait.

Ce que Jean-Luc, par amitié, avait perçu et tentait
de minimiser, Marie-Christine l'avait circonscrit avec
plus de clarté encore et le redoutait. Sans que j'aborde
directement la question, elle avait entrevu pourquoi, ce
soir entre tous, je revenais sur nos conversations obsé-
dées par la mort, le naufrage du vieillissement, le rejet
des vies avilies par la souffrance et les dépendances.
Un instant, j'ai cru qu'elle allait, portée par l'amitié,
entrer dans le saint des saints et sonder ce que Julie se
souhaitait comme avenir. Elle ne l'a pas fait, mais son
silence tient du sursis. Elle n'a pas vu venir, du moins
je ne le crois pas, la révélation du cancer et elle a probablement voulu s'imprégner d'abord du sort maintenant
imposé à Julie. Dès qu'elle aura perçu ce que cela im-

plique de souffrance et de dégénérescence et à quelle vie végétative Julie est réduite par le cumul de l'accident et du cancer, Marie-Christine se permettra, j'en suis certain, de nuancer ou de contredire l'interprétation de Jean-Luc. Je préférerais que Marie-Christine s'abstienne, car c'est à Julie et à moi, à nous seuls, d'affronter la mort selon ce qu'exige notre amour. À partir de la réflexion que j'ai vu s'enclencher dans la tête de Marie-Christine, je suis plus que jamais certain de ceci : c'est dans les propos de Julie que je dois chercher mes balises. Toujours les mêmes questions : que m'a-t-elle demandé et à quoi suis-je engagé?

Le vendredi 2 février 2001

Le mieux qu'avait pu provoquer en moi ma brève soirée avec Marie-Christine et Jean-Luc, je crains fort de l'avoir dissipé à mon retour chez nous. Comme prévu. Comme redouté. Quand j'ai fermé l'ordinateur, la maison m'est subitement devenue étrangère et même menaçante. Lâchement, je me suis abstenu de coucher dans notre chambre. Je ne me résignais ni à coucher dans le lit d'hôpital qui écrasait la pièce de sa monstrueuse présence ni à m'étendre sur le lit simple qui le longe et qui sera le mien désormais. À tout cela, je consentirai pour Julie. Quand elle sera là. Je me suis octroyé la chambre d'amis. Du camping en forme de fuite, mais je n'avais pas le courage d'agir autrement. Écrire à chaud ce que l'échange avec Marie-Christine et Jean-Luc m'avait appris me paraissait essentiel, mais j'ignorais dans quel dénuement mental et affectif je quitterais ensuite l'ordinateur.

La conversation d'hier soir avec Marie-Christine et Jean-Luc m'a profité ce matin d'une autre manière. J'étais davantage capable de mettre cartes sur table avec Julie, plus apte à livrer en mots les questions brassées à trois hier soir. Je regrettais, lui murmurai-je, je regrettais du plus profond de l'âme de ne pas l'avoir pressée de mettre par écrit ses volontés. Ou de ne pas avoir quêté confirmation par-dessus confirmation. Je lui expliquai, penché sur son oreille maintenant dégagée des bandages, que je tentais de réparer ma négligence et que je mettais à contribution tous ceux, proches ou professionnels, qui pouvaient m'aider à entendre ses intentions. J'étais à l'écoute de son âme, de son corps, à l'affût du moindre indice qui rendrait son silence moins opaque.

J'ai puisé auprès de Julie le courage de téléphoner à l'oncologue qui l'avait reçue. Je fis l'appel au milieu de l'avant-midi. Le médecin ne pouvait me répondre, mais sa secrétaire attendait mon appel. Merci à la gynécologue!

«Lundi matin, huit heures trente, est-ce que cela convient?»

Que faire à part acquiescer? Il restait à franchir la fin de semaine, mais peut-être ce délai me serait-il utile. Par acquit de conscience, puisque j'étais à la cabine téléphonique, j'interrogeai mon répondeur. Un seul appel m'y attendait, qui avait dû me rater de peu: celui de Bérangère, presque identique à celui par lequel Jean-Luc m'avait harponné. Connivence inavouée entre nos deux couples d'amis intimes? Sans doute, et comment m'en offusquer? Bérangère et Maurice s'étaient manifestés aussi chaleureusement et aussi vite que Marie-Christine et Jean-Luc. Ils avaient accepté eux aussi de camper en touche, le temps que je reprenne pied. Eux aussi, en rechignant cependant dans le cas de Bérangère, s'étaient abstenus, à ma demande, de visiter Julie. Que Marie-Christine et Jean-Luc, en possession des terribles nouvelles, les aient aussitôt relayées à Bérangère et à Maurice, c'était prévisible. Et heureux. Avec eux aussi, j'entendais revenir sur nos échanges, comparer nos perceptions. Était-ce déloyal à l'égard de Julie que de la soumettre au feu croisé de nos écoutes convergentes? Je ne le crois pas, car c'est sa parole que nous tentons ensemble de mieux respecter.

Bérangère, directe, presque tranchante, ne me cacha d'ailleurs pas ses sources.

«J'apprends que tu commences à te souvenir de tes amis. Nous aussi, nous voulons te voir. Ce soir? Demain soir?

— Demain soir, ça irait bien, ai-je répondu.

— Que préfères-tu? enchaîna-t-elle. Souper à trois ou j'invite aussi Marie-Christine et Jean-Luc?»

J'hésitai. Cela ne la freina pas plus que d'habitude. Chez elle, l'amitié s'accommode des attaques frontales. Sinon, disait-elle, à quoi bon l'amitié?

«Ils sont prêts à venir, mais ils ne t'obligent pas à prendre les bouchées doubles.»

À question posée, réponse permise, du moins dans les normes de Bérangère.

«Seulement vous autres, Bérangère, si ça te convient. Je vais leur expliquer.

— Nous t'attendons. Embrasse Julie pour nous.»

Court, clair, précis. Bérangère aurait pu être télégraphiste plutôt que sociologue. Chaque fois que j'avais à lui parler au téléphone, notre conversation, allégée des méandreux rituels dits sociaux, ne durait jamais plus d'une minute. Quand on me parlait d'elle en dehors de notre petit cercle intime, c'est souvent sur son redoutable ton fracassant qu'on mettait l'accent. Je la connaissais trop pour m'y tromper, mais j'avais mis du temps moi aussi à déjouer ses défenses et à savourer pleinement son insondable loyauté aux amis. Longtemps, j'avais craint qu'elle ne tyrannise Julie qui n'avait ni son ton décapant ni même un réflexe de défense. Julie, fièrement, m'avait invité à ne pas la couver. Par la suite, à la voir évoluer face à une Bérangère aux allures de matrone, je m'étais ravisé: Julie avait sa manière à elle d'abolir la différence d'âge de vingt ans et de tirer des tendresses inattendues de notre adorable virago.

Je retournai auprès de Julie, lui transmis les baisers

des amis et repris mon compte rendu à son oreille. Puis, comme tous les jours maintenant, le baladeur prit le relais. La Callas, que Julie révère, l'enveloppa de Verdi. À plusieurs reprises, les yeux de Julie s'ouvrirent. Je crus un instant que le regard s'allumait, car le clignement me paraissait obéir à un effort, non plus seulement à un réflexe. C'était trop espérer. Les yeux, cependant, de cela j'étais certain, demeuraient ouverts pour de plus longs instants et la respiration s'abreuvait à la sérénité de la musique.

J'essayai de converser avec mon carnet comme je l'avais toujours fait. Me souvenir de ceci, de cela. L'aide-mémoire prenait souvent la forme d'une liste de mots ou de noms auxquels je rattacherais spontanément un contenu précis. Le premier nom à jaillir dans ma mémoire, ce fut celui d'Évelyne. J'attendais de sa part un instant de soutien. Accepterait-elle de passer un moment au chevet de Julie et de me rassurer sur son retour à la vie? Serait-elle mal à l'aise de se substituer discrètement à l'inexistant médecin?

En revenant sur mes notes, je suis saisi de mon immense isolement. Les amis m'ont relancé, ils s'affairent, consciemment et prudemment, à rendre leur vraie portée aux propos passés de Julie, mais comment me diraient-ils si l'état de Julie est stationnaire, s'il évolue vers la vie ou si, déjà, la dégénérescence s'est mise en branle? Moi, je regarde, mais mon œil d'amant entrepose les indices sans pouvoir les interpréter. J'épie les progrès, mais où faut-il en observer la montée? Quant au médecin qui, de loin en loin, se souvient de Julie, il m'a rangé dès notre premier frottement dans la catégorie des toqués. Il lui suffit de ne courir aucun risque de poursuite pour se désintéresser de Julie. La colère monte de nouveau en moi au souvenir de ce technicien qui assénait ses verdicts en présence de Julie sans s'inquiéter de son écoute. Mon carnet, laconique, porte quand même la trace de pensées moins sombres. À côté du nom d'Évelyne apparaît, en effet, une question : « Autre MD ? » Je souhaite évidemment, et Évelyne me poussera peut-être dans cette voie, qu'un autre médecin examine Julie. Je me suis même forgé une image précise du genre d'individu, homme ou femme, dont je souhaite la venue.

Jusqu'où aller dans la confidence à Évelyne ? J'y réfléchissais déjà après-midi, mais sans me répondre. Évelyne étant en congé, j'ai eu le loisir de calmer ma frénésie et de « couvrir mes angles ». Si j'avais pu lui parler dès cet après-midi, je serais probablement allé trop loin. Je lui aurais demandé d'emblée de me trouver un médecin prêt à se plier aux volontés de Julie. Oui, après-midi, j'aurais probablement commis cette gaffe. Ce soir, une certaine sagesse me revient. Évelyne m'aurait regardé, sourcils froncés, et son silence aurait exprimé une inquiétude, presque une accusation. Elle aurait peut-être biaisé. Ou elle aurait foncé : « Si vous cherchez un médecin qui laisse mourir, ce n'est pas facile à trouver... » Et qu'aurais-je répondu ? Que peut-être Julie demandait encore davantage ? J'aurais trop parlé.

Comment briser ce cercle vicieux ? Je cherche conseil, mais je dois préserver jalousement ce qui n'appartient qu'à Julie et à moi. C'est de sa volonté et de ma conscience que doivent découler les décisions et peut-être les gestes. J'ai raison de mettre l'amitié à contribution pour reconstituer la conviction de Julie, mais je trahirais notre amour si je laissais quelqu'un d'autre en déployer les conséquences à notre place. Oui, cercle vicieux. En ceci : je suis trop isolé pour demeurer lucide et j'esquive mes responsabilités si je me raccroche trop servilement à un avis externe. Après-midi, face à Julie, j'étais tenté de demander fébrilement conseil à Évelyne, à un nouveau médecin, à qui encore ? Ce soir, tout près de ce lit qui me terrifie, je cherche dans le vin rouge l'euphorie et le courage. De page en page, je recule l'obligation de donner à mes deux sempiternelles questions les corollaires qu'elles méritent. J'espère, obscurément, ne pas avoir à affronter certaines hypothèses. Mais alors, pourquoi demander à d'autres d'ouvrir à ma place l'éventail des choix possibles?

J'ai dû m'arrêter un instant. J'approche avec tremblement du lieu intime où Julie et moi allons jouer notre sort commun. J'écris lentement. Chaque mot me pèse, tant chacun prend le visage de Julie. De sa souffrance. De sa mort. Je dois pourtant, puisque c'est cela qu'elle attend et exige de moi, regarder en face, si possible, le tréfonds de l'âme de Julie. Tréfonds vertigineux, intransigeant, altier jusqu'à l'orgueil, et sûrement rempli de rage à l'idée de subir passivement une humiliante érosion de la vie.

Pour un peu, je pleurerais sur mon sort. Ou, au contraire, j'aurais un rictus devant le cruel humour du destin. C'est, en tout cas, un étrange renversement des prévisions que celui qui nous agresse. Je n'ai pu me suicider à cause d'une promesse offerte à Julie et voilà que Julie va disparaître avant moi. Il se peut même, les jours prochains vont me le dire, que Julie ait campé sur un secret que nous aurions pu partager et, peut-être, traduire en une ultime convergence. Si Julie meurt, je suis libéré de ma promesse et donc enfin libre de mettre un terme à mon existence. Si elle se savait atteinte mortellement, pourquoi ne pas m'avoir rendu ma liberté? Dois-je lire comme une impensable cruauté de la part de Julie sa décision de ne pas me montrer la fin de mon tunnel? Je m'y refuse. Mais cela ne dénoue pas le mystère.

J'avance à pas comptés dans le champ miné des hypothèses. Si j'élimine – cela devrait aller de soi – celle d'une méchanceté délibérée et stérile de la part de Julie à mon endroit, quelle explication me reste-t-il?

Ce soir, honteux et repentant, je vais contredire de plein fouet ma lâcheté d'hier: je vais non seulement passer la nuit dans notre chambre conjugale, mais la passer sur la couche funèbre de Julie. Gisant là où elle gira et mourra, le corps écrasé et immobile là où elle sera, sous mes yeux, humiliée et blessée jusqu'à l'âme, peut-être serai-je plus près de son hésitante lucidité. Ce ne sera pas la première fois dans mon existence que je confierai au sommeil et à son travail souterrain le soin de dégrossir une intuition approximative et d'en tirer une décantation défendable. Cela m'a servi tant de fois que je redoute ce soir l'efficacité de la méthode. Un dernier verre de rouge ne sera pas de trop.

Le samedi 3 février 2001

Vingt-quatre heures seulement depuis que j'ai éteint l'ordinateur sur mes dernières pensées avant la nuit, mais le sentiment, tant je suis démoli, d'avoir entrepris il y a des siècles la desséchante traversée de l'enfer. Nuit hargneuse et réveil pâteux. Inventaire démoralisant du frigidaire et emplettes sommaires au marché d'alimentation voisin et à la Société des alcools pour mes besoins et les politesses aux amis. Puis, un peu plus tard que d'habitude, arrivée au chevet de Julie. À compter de ce moment, les choses se précipitent, s'enchaînent parfois, se contredisent plus souvent encore. Faire le point. Oui, que se porte sur la journée écoulée le regard dru de ce journal et de l'ordinateur. Je me contrains à reconstituer la journée dans son déroulement chronologique. Spontanément, c'est par la fin que je commencerais. Mieux vaut pas.

La nuit me fut rude. Alternance de torpeurs assommées et d'insomnies fébriles. J'avais baissé le chauffage, l'alcool m'ayant convaincu que je n'avais guère besoin de chaleur. Je me suis réveillé frissonnant au premier tiers de la nuit. J'étais étonné d'avoir si vite succombé au sommeil dans ce lit qui me terrorisait la veille. J'ai été emporté par un flot morose qui appartenait, croyais-je, à une dérive éveillée plus qu'à l'univers des cauchemars. Quand je me suis tourné vers le cadran de nuit, j'ai mesuré mon erreur d'appréciation: je ne m'étais certes pas escrimé pendant des heures contre mon oreiller et le sommeil ne m'avait pas fui comme je m'en serais plaint. N'empêche, la nuit m'avait quand même refusé la récupération. Vers cinq heures, au moment où le vrombissement des chasse-neige et les coups d'accélérateur des camions de déneigement faisaient vibrer les vitres, je devins quelque peu le méditant attentif que je m'étais promis d'être. Méditant bien agité à l'attention bien peu soutenue, puisque l'âme de Julie refusa obstinément de me révéler ses secrets. J'avais beau imiter longuement son immobilité, Julie répétait sa plainte: «Tu ne peux pas comprendre. Toi, tu peux bouger. Parler. Expliquer. Moi, c'est le noir. »

Vers sept heures, la douche me secoua. Les derniers grains de café firent de leur mieux pour me remettre en état de marche. Puis, je sortis dans l'air frigorifiant. Engoncé dans mon drame, j'avais présumé que les commerces tiendraient compte de mes priorités et m'ouvriraient les bras dès l'aube. J'en fus quitte pour arpenter le quartier en attendant neuf heures, puis dix heures pour la Société des alcools. Je marchais sans but comme sans fatigue, une certaine vie animale me revenait. Au retour, le répondeur m'attendait avec un message d'Évelyne. Elle connaissait mes habitudes et m'avertissait qu'elle passerait voir Julie en avant-midi. À elle seule, sa voix était un réconfort et répondait à mes plus ardentes espérances. Mes achats confiés au froid, je filai à l'hôpital.

Julie, j'en jurerais, m'attendait. Les yeux ouverts, les paumes tournées vers le ciel plutôt qu'à plat sur le drap, la tête dégagée des turbans blancs qu'elle arborait depuis l'accident, elle ressemblait tant à ma Julie vivante que je faillis me précipiter pour la serrer dans mes bras. Son beau visage entre mes doigts hésitants, je l'embrassai. Quand je portai un verre d'eau à ses lèvres, elle déglutit sans à-coup, semblant même en redemander. La réaction d'Évelyne confirma ce que, de toute manière, je voulais croire : Julie revenait à la vie ou du moins à ce simulacre de vie auquel elle en serait désormais réduite.

« Les joues reprennent des couleurs, fit-elle en promenant le dos de son index sur une pommette à peine rosissante. D'après moi, vous avez hâte de vous retrouver chez vous. À présent que votre mari a gagné son diplôme d'infirmier, il ne faudrait pas le faire attendre... »

Elle parlait à Julie. Elle pariait sur la vie, sur la conscience, sur les invisibles avancées de la lucidité. Façon de me dire, à moi qu'étreignait le doute, que nous devions parler de Julie en sa présence. Je commençai par le plus facile : les coordonnées d'une infirmière faisant du service à domicile. « Facile ! » fut la réaction.

« Ce serait pour quand ? demanda-t-elle.

— Vous avez plus d'expérience que moi...

— Il y a elle et il y a vous. »

Une question contre une question. J'appesantis ma main sur celle de Julie.

« J'ai un peu peur. De ne pas savoir quoi faire.

— Vous aurez besoin de plus d'aide au début, mais ce n'est pas l'important ! Ne vous attendez pas à faire des nuits complètes au commencement. Vous serez comme des parents qui se lèvent dix fois par nuit pour voir si... Oh ! Excusez-moi ! »

Elle n'avait pas à s'excuser. La blessure causée par notre infertilité, longtemps douloureuse, s'était ensommeillée. Chez Julie comme en moi. Il n'aurait pas été sage de procréer et, de toute façon, nous n'avions pu le faire.

« Je m'attends à cela, fis-je en pressant toujours la main de Julie, et j'espère que Julie va me réveiller souvent. »

Je devançai la question d'Évelyne :

« Le médecin ne m'a rien dit et je ne lui ai rien demandé. J'ai préparé une lettre pour dégager sa responsabilité et je la remettrai, à lui ou à l'hôpital, quand Julie sera prête à partir. »

Tout cela copiait le ridicule d'une bouderie infantile et Évelyne eut une moue. Il faudrait quand même qu'un médecin se prononce. Nous arrivions là où je le souhaitais.

« En connaissez-vous un "parlable"? J'imagine que nous avons le droit de changer de médecin! »

Évelyne laissa la bouderie s'essouffler. Autant pour elle que pour Julie, j'explicitai mon épithète un peu simpliste. Le portrait de l'individu « parlable » était simple à tracer, surtout avec la main de Julie pour m'inspirer.

« Ce que je lui demande avant tout, c'est de tenir compte de Julie. Qu'il ne prenne pas les décisions à sa place. Moi, je vais tout faire pour que Julie me guide. »

Évelyne avait eu le temps de réfléchir.

« Celle que j'ai en tête est aussi coriace que vous! »

Je ne protestai pas.

« Elle est à cheval sur la volonté des patients. Elle s'informe, elle se fait confirmer les choses dix fois. Pas de raccourci. »

Je pavoisai trop vite et Évelyne me freina de ses paumes.

« Attention! Ce médecin-là respecte la volonté de la personne, pas celle de la famille ou des proches. »

Touché! D'un regard, je cherchai l'aval de Julie.

« Et jusqu'où cette femme médecin va-t-elle pour suivre la volonté de ses patients? »

Ma question dépassait le cadre des banalités. Évelyne eut un de ses regards que j'avais appris à respecter, perçants, lourds, décapants.

« Il faudra le lui demander, fit-elle prudemment. Je

ne sais pas ce que vous avez en tête, mais j'ai peur que vous en demandiez beaucoup. »

Peut-être avait-elle entrevu la face voilée de mon questionnement. De fait, j'explorais largement. Au cas où. Julie avait toujours professé des volontés tranchées, mais encore fallait-il qu'elle puisse les exprimer ou que le médecin m'accrédite comme fidèle interprète de Julie.

« Aimeriez-vous la rencontrer pour voir si vous pouvez vous entendre ? »

Malgré moi, je souris. Les médecins, dont j'avais toujours évité la fréquentation, se bousculaient maintenant dans mon agenda : gynécologue, oncologue... Mieux valait en finir d'abord avec les rendez-vous convenus. D'ailleurs, comme il y avait un oncologue dans le décor et que Julie souffrait d'un cancer, je ne pouvais exclure l'hypothèse qu'il reprenne charge de Julie. De nouveau, je scrutais le visage de Julie. Je parlais, en effet, d'un médecin qu'elle avait consulté, qui lui avait peut-être appris la croissance en elle d'un ignoble pourrissement et sur lequel elle avait forcément porté un jugement dont je ne savais rien. Comment savoir si je heurtais les souhaits de Julie en ramenant ce médecin à son chevet ou si, au contraire, je les comblais ? Je n'avais pas oublié les mots énigmatiques de la gynécologue : dans sa suggestion de privilégier le face à face, j'avais flairé une réticence. Monde médical décidément peuplé de toutes les races, de la plus crispante à la plus empathique.

« Gardez-moi ses coordonnées à portée de la main. Quand j'aurai vu l'oncologue lundi matin, j'en saurai plus long. »

Je précisai, pour Julie, que la docteure de Grandpré m'avait paru, paru seulement, « réservée » à l'égard du collègue.

Julie, dont les doigts encerclaient mollement mon

pouce, ne réagit pas. Toujours ce silence et, lié à lui, le débilitant tourment de celui qui ignore s'il comble ou s'il chagrine. Évelyne joua le jeu en ajoutant que le monsieur passait pour un maître du diagnostic et du traitement, mais pas pour l'incarnation de la délicatesse. Julie écoutait. Sans plus.

« Dites-moi, Évelyne, est-ce irresponsable de ma part de ramener Julie chez nous ? »

Elle n'esquiva pas la question, mais me la retourna.

« La compagne dont je vous donne les coordonnées peut vous aider tous les deux, mais nous ne pouvons pas, ni elle ni moi, décider à votre place. Julie a fait des progrès et vous faites ce qu'il faut pour que votre foyer prenne la relève, mais c'est à vous deux de décider le reste. Ce ne sera pas du gâteau. »

Julie et moi étions avertis. Les soins quotidiens, je pouvais en venir à bout. Les services requérant une compétence professionnelle, une infirmière les assurerait. Un médecin ne serait appelé que s'il s'inclinait devant les volontés de Julie. À nous d'assumer le reste. Si Julie me guidait, j'étais prêt à tout. Si Julie ne m'offrait que son silence, c'est avec crainte et tremblement que je tenterais l'aventure. Crainte de blesser Julie. Peur de gâcher sa mort ?

L'heure du repas arriva et l'infirmière de service ne supervisa qu'un instant ma technique pour donner la becquée à Julie. Elle approuva de loin. Elle appréciait surtout, peut-être, que je consacre à cette tâche un temps qui lui faisait manifestement défaut. C'était, de fait, long et incertain, car Julie, les yeux tantôt ouverts tantôt endormis, s'absentait souvent entre l'instant où la petite cuillère s'insinuait entre ses lèvres et celui où elle seule négociait avec la purée. Il fallait ensuite attendre le moment où le réflexe d'en vouloir davantage se manifesterait à la commissure des lèvres. À moi d'être prêt. Peu de moments forts, beaucoup de temps à épier, crainte constante d'aller trop vite ou d'offrir à manger à une belle endormie. L'infirmière jugea l'évolution heureuse. J'étais fier de moi, mais épuisé.

L'agitation de l'après-midi me rappela que nous étions samedi. J'allais me scandaliser de ce que les visites aux malades attendent les congés pour apporter leur réconfort aux gens hospitalisés, quand je me rappelai à l'ordre : je pouvais, moi, me consacrer tout entier à Julie. L'après-midi s'étira péniblement. Je parlai à Julie de la soirée qui s'en venait et qui la concernait au premier chef. Une fois de plus, nous essaierions, les amis et moi, de nous remémorer le plus fidèlement possible les semaines et même les mois écoulés. Je bafouillais mes excuses à Julie pour n'avoir pas décelé son inquiétude, mais comment réhabiliter le mari qui n'a pas senti que sa femme était rongée par un secret plus encore que par un cancer ? J'avais inséré dans le baladeur un enregistrement des moines de Solesmes dont nous aimions les presque célestes incantations. À défaut d'un ciel dont l'espérance nous faisait défaut, Julie et moi goûtions les chants qui présument un au-delà et qui dessinent comme une silhouette sur le mur de la caverne classique. Je laissai Julie à cette sérénité, le temps de m'acheter un sandwich et un café. Julie, qui abhorrait les repas sans légumes ni fruits, aurait été vexée de ma lugubre alimentation. Quand la musique s'éteignit comme un cierge qu'on souffle et que Julie me parut ensevelie dans le sommeil et, je l'espère, dans sa paix monacale, je sortis mon carnet et pris des notes. Nos amis ne s'étonnaient plus de me voir le brandir en toutes circonstances, y griffer une note ou, au contraire, l'invoquer pour me rappeler une question ou une information. Chaque fois, on invitait le romancier à faire relâche. « Que je ne retrouve pas ma phrase dans la bouche d'un de tes personnages ! » Me faudrait-il répondre d'abord à leurs questions ? Les devancer ? De l'accident, que dire? Il faisait de Julie, je revenais toujours à ce terme frappé comme une monnaie par l'acceptation médiévale de la mort, un gisant aux secrets inaccessibles et peut-être inexistants. Quant au cancer, il fixait brutalement une date limite aux souffrances de Julie. J'écris le mot souffrances en ignorant s'il est juste, s'il a cours dans l'univers où erre Julie comme une pénitente sans péché, si, au contraire, il est une sous-estimation de l'enfer et de la terreur. Je m'aperçois tout à coup que même Évelyne n'a pas insisté là-dessus. Pour ne pas alourdir mon désarroi? Quand j'ai abordé la question, elle a eu un geste de dénégation. J'aurais dû insister: niait-elle la souffrance ou disait-elle qu'elle n'en savait rien? Que dire maintenant à Bérangère et à Maurice qui insisteront davantage?

Souffrance. Je souligne le mot. Je l'assortis d'un point d'interrogation. Je demeure figé devant lui, car il tisonne mes questions essentielles. Que rejetait Julie avec le plus de véhémence dans la dégénérescence de l'existence? La dépendance? L'inutilité de la persistance? La souffrance?

Je dépose carnet et stylo et je me rapproche de Julie. «Souffres-tu?» Je la scrute de tout mon être, je déploie mes antennes d'amant pour déceler si un tumulte bat derrière ce masque impavide, si ces tempes à l'épiderme mince comme un frisson dissimulent le halètement d'un océan de douleur. À l'idée que je sois peut-être en train de spéculer comme un cartésien pendant que Julie subit la torture, je frémis.

Je ne suis pas parvenu à donner cohérence à ma réflexion. J'ai quitté Julie en fin d'après-midi en posant longuement mes lèvres sur sa tempe où palpitait le bleu d'une veine minuscule. Je sollicitai une dernière fois sa main. Je m'éloignai, les yeux piquants, déchiré par ce doute. Me revenait en mémoire la phrase, je pense, de Bernanos : « L'incertitude est le plus grand et peut-être le seul de nos maux. » La tentation m'étreignit de rentrer chez moi, d'annuler le rendez-vous avec Bérangère et Maurice et de demander à l'alcool de noyer cette incertitude. Bérangère et Maurice m'auraient pardonné. Quand je suis entré dans la maison, j'étais presque déterminé à m'y retrancher dans la solitude de la bête blessée. Paradoxalement, la vue du lit d'hôpital me chassa de la maison. Tout valait mieux que cette contemplation. Si Julie souffrait, gratter mes plaies confinait au sadisme. Je devais savoir. Il fallait que je pense à haute voix, que mes hypothèses se déploient hors de mon cerveau, que d'autres les affrontent, les nient ou les renchaussent. Je saisis au vol les deux bouteilles que j'avais achetées le matin en vue de cette rencontre et je repris la route.

Heureusement que mon carnet est là, car je ne parviendrais pas à reconstituer au bénéfice de mon journal ce que fut notre conversation. L'accueil fut celui que je pouvais espérer, chaleureux à l'égal de celui de Marie-Christine et de Jean-Luc, mais avec ce que Bérangère ajoute d'explicite, d'extroverti. Elle extrait choses et sentiments des brumes de l'approximatif. Elle n'appartient pas à l'école du « cela va sans dire »; avec elle, dire vaut mieux que laisser entendre. Elle agace par sa façon de tirer sur les violettes pour accélérer leur croissance, mais c'est à elle, assurément, que je dois, ce soir, de revenir face à moi, à ce journal et à cet ordinateur, avec ce que j'appellerais un plan de vol. Dans ce couple que Julie et moi estimons pour des motifs différents et qui nous paraît construit au rebours des clichés sur les pôles masculin et féminin, Bérangère pousse souvent au dynamitage, tandis que Maurice joue les sphinx en réserve de la république.

Donc, un accueil comme l'amitié les façonne. Le veston d'emblée transmis à la patère, le verre de rouge sur la table basse, les fauteuils presque joints pour accueillir la connivence, les amuse-gueule surabondants, mais qu'on n'éprouve pas le besoin de faire circuler. J'étais à peine assis que Bérangère, du bord de son fauteuil, le genou à deux doigts du mien, lançait la conversation.

« Tu arrives de l'hôpital? »

Ils en savaient à la fois peu et beaucoup. Quelques phrases suffirent à établir le diapason. Julie en avait au plus pour quelques mois de vie et cette vie, à l'aune de la principale intéressée, n'en serait pas une. Un silence tomba qui témoignait non d'une gêne, mais de notre amitié. Ils n'avaient pas à proférer de formules de condoléances ni à me prodiguer les « pauvre toi ». Pour chacun de nous trois, Julie touchée, c'était un drame qui dépassait les mots. Comme l'ange, Julie planait sur nos têtes.

Bérangère n'est pas femme de protocole, mais de solide et même costaude amitié. Quand elle se leva, Maurice et moi la suivîmes. La table était mise, sobrement, non selon le rituel qui nous aurait accueillis, Marie-Christine et Jean-Luc, Julie et moi, selon les usages rodés depuis des années, mais comme on reçoit au pied levé un ami avec lequel l'échange s'impose d'urgence et en exclusivité. Sans étonner qui que ce soit, je pouvais placer mon carnet près de moi et l'ouvrir. Je l'avais fait tant de fois que Bérangère et Maurice perçurent que j'avais préparé notre échange.

Le carnet à ma portée, je chipotai sans véritable intérêt dans mon assiette. D'un regard, je présentai mes excuses à Bérangère qui les écarta d'un geste sans poids. Sans plus de transition, puisant mon courage dans le rouge que Maurice, fidèlement, prodiguait, j'exprimai le cœur de ma peine.

« Je ne sais même pas si Julie souffre. »

Là encore, leur silence me réconforta. Nous fîmes un rapide détour par le médecin qui, devant moi, avait traité Julie comme un non-être. Il ne savait rien des souffrances de Julie et ne pouvait accoucher que des généralités logées dans les manuels. Je citai Évelyne qui, toujours, présumait que Julie entendait, mais à qui je n'avais pas posé les bonnes questions.

« Toi, quand tu la touches, sens-tu le courant passer? » demanda Bérangère.

Que répondre? J'avais trop besoin de présumer Julie à l'écoute pour douter de sa présence. Nous en étions là, unis par un même chagrin, déroutés par les mêmes incertitudes. Je déviai vers l'autre versant du drame. J'avais encore plus de peine à m'exprimer.

« Le cancer, je ne comprends pas... »

Bérangère et Maurice s'abstinrent de la question, mais je la lisais dans leurs yeux. J'y répondis avec humilité.

« Je n'avais aucune idée. »

Nouveau silence. Bérangère eut alors un propos qui, à son insu, me pacifia.

« Je ne comprends pas. Julie est tellement ordonnée, tellement attentive à vérifier sa santé... Comment a-t-on fait pour ne rien voir et pour ne pas l'avertir? »

C'était un piètre réconfort que de retrouver Bérangère confrontée au même mystère que moi, mais je l'appréciai quand même. Si Julie connaissait son état, au moins elle avait caché son secret aux amis autant qu'à moi. Pas de quoi pavoiser. J'espérais, leur dis-je, en savoir plus long lundi en rencontrant l'oncologue.

« Donc, Julie avait des doutes? » fit Bérangère.

Constat plutôt que question. Un constat qui me blessait et m'accablait. Pourquoi Julie s'était-elle repliée sur ses doutes? Pourquoi, si un diagnostic avait avivé ses inquiétudes, Julie avait-elle creusé son silence?

Maurice, à son habitude, avait bien peu parlé.

« Julie, dit-il, entretenait peut-être encore certains doutes. Elle attendait peut-être pour t'en parler. »

Je n'avais aucun commentaire.

« Moi, je n'y connais rien, continua Maurice, mais il se peut que différents tests soient nécessaires, que le médecin ne sache pas s'il faut tenter une opération ou essayer autre chose. Julie attendait peut-être d'autres informations.

— Peut-être aussi que le médecin a demandé à Julie de peser les risques et de prendre elle-même sa décision, ajouta Bérangère. Elle en était peut-être là. »

Reconstitutions vraisemblables, mais le fait demeurait : Julie n'avait pas déverrouillé la porte donnant sur ses inquiétudes. Pas plus que moi, ils ne s'expliquaient cette exclusion. D'autres hypothèses demeuraient tapies que je refusais de laisser dans l'ombre. Je me souviens d'avoir pris une longue gorgée de vin avant de me mettre l'âme à découvert.

« Tout allait bien entre nous. S'il en avait été autrement, Julie aurait réagi. Elle n'aurait pas enduré l'ambiguïté. Elle était incapable de tricher. »

Tous deux acquiesçaient silencieusement.

« C'est justement ce qui m'inquiète. »

Ils me regardaient avancer à mots comptés et hésitants.

« Vous le savez comme moi, nous avons souvent discuté ensemble de la mort, du vieillissement. Avec Marie-Christine et Jean-Luc, ça revenait souvent.

— Oui, répliqua Bérangère qui, probablement sans le savoir, rejoignait Jean-Luc, mais Julie parle moins que nous dans ces discussions-là. Quand tu es jeune et en forme comme elle, tu ne peux pas imaginer ce que c'est qu'avoir mal aux os ou voir approcher l'Alzheimer. »

Maurice, pensif, était alors intervenu.

« Julie en avait quand même long à dire à propos de Sue Rodriguez, à propos du docteur Kevorkian ou de, comment s'appelle-t-il déjà... ?

— Robert Latimer, dis-je.

— Robert Latimer, c'est ça. »

Les assiettes plus qu'à demi pleines refroidissaient sur la table et le vin rutilait dans les verres.

« Julie et moi avions ces discussions entre nous. Nous n'avions pas les mêmes réactions. Elle était d'accord avec Latimer, alors que l'euthanasie me fait peur. »

J'étais seul à parler, mais chacun de mes mots les rejoignait. Ils m'avaient suivi quand j'avais évoqué nos discussions sur des thèmes précis et récurrents. Ils supputaient ce que j'en tirerais. Tout en échafaudant peut-être leurs propres interprétations.

« Pour Julie, dis-je, c'est tout ou rien. Si la vie est là, on la savoure et on la défend. Si la vie n'est plus que dépendance et souffrance, ça ne vaut plus la peine. »

Ma pause leur permit de faire le lien.

« Si le médecin lui a dit que c'était fini... »

Ma phrase resta en suspens.

Quand je m'escrime à réenfanter cette conversation, je me heurte à la persistance du malentendu. Bérangère et Maurice mirent longtemps à entrevoir les teintes exactes de mon questionnement. Ils admettaient, mais personne n'aurait pu en douter, que Julie ne conçoive la vie que menée tambour battant et respirée à pleins poumons. Ils en déduisaient qu'il était d'autant plus cruel pour elle d'être réduite à l'impuissance. Bérangère saisit tout à coup ce que Maurice, muet, avait sans doute décodé. Brutale, la question fusa.

« Tu penses à Sue Rodriquez ? demanda-t-elle.

— Je pense à Sue Rodriguez.

— C'est pour ça que tu te demandes si elle souffre ?

— Entre autres choses. »

Nous manœuvrions à pas feutrés. J'espérais d'eux des lumières, mais, en même temps, je m'efforçais d'en révéler le moins possible à propos des promesses réservées à Julie et à moi. Celle de ne pas me suicider sans son accord. Celle de ne pas l'abandonner à une existence végétative. Mais, sans ces clés, que pouvaient deviner Bérangère et Maurice? Heureusement, l'amitié suppléait à l'imprécision des informations et comblait les vides. Maurice prouva qu'il était rendu bien près du saint des saints.

« Mais la fille de Latimer souffrait l'enfer et elle ne pouvait ni raisonner ni exprimer ses volontés. Toi, tu ne sais pas si Julie souffre et elle peut bien trouver une façon de te dire ce qu'elle veut.

— Tu as raison. C'est ce que j'espère.

— Non, mais! Ça ne va pas, vous deux? »

Bérangère se reprit et adoucit le ton, mais à peine. Elle était en état de choc.

« Latimer, c'est Latimer. Ici, on parle de Julie et de toi. Modérez vos scénarios. D'ailleurs, c'est toi, Jean-Philippe, qui critiquais Latimer le plus violemment. Tu disais que, compassion ou pas, un meurtre, c'est un meurtre. »

Je ne sais où je puisai la sérénité d'un sourire. J'expliquai, d'un ton las qui ne devait rien à l'artifice, que je voulais seulement « réentendre » Julie. Je n'en étais ni au stade des conclusions ni à la planification de quoi que ce soit. Décoder ce que Julie ne pouvait plus exprimer, c'est tout.

Bérangère retraita, mais en me gardant sous haute surveillance. J'étais, pour ma part, désorienté. Certes, il était bon que des amis particulièrement chers me mettent en garde contre ma fatigue, contre le travail de sape des idées noires. Je ne m'étais pas suffisamment avisé de ces risques et je n'aurais pu les entrapercevoir du fond de mon isolement. Cela dit, les amis ne m'aident plus s'ils s'interposent entre Julie et moi. J'étais d'ailleurs étonné de voir Bérangère aussi secouée. Y aurait-il plus de fragilité que je ne le pensais dans cette femme forte?

Elle fit machine arrière. Elle faisait effort pour

investir sa voix d'une neutralité professionnelle. Elle m'approuvait de chercher à rejoindre la pensée de Julie, mais elle persistait dans sa mise en garde : il ne fallait pas isoler nos discussions de leur contexte.

« Si vous prenez au pied de la lettre tout ce que j'ai pu dire, vous allez me faire enfermer. »

La soirée avait basculé. Nous étions en vue du but quand l'insécurité de Bérangère avait bloqué l'exploration. Je ne pouvais pas les quitter trop vite après l'incident, car j'aurais laissé l'image d'un homme blessé et ils se seraient reproché leur franchise. Par contre, il ne m'était plus possible d'évaluer avec eux la portée exacte des anciens propos de Julie. Bérangère, forcément, dissocierait de son mieux les paroles échappées dans le feu de la conversation et ce que pouvait être aujourd'hui la pensée profonde de Julie. Pas utile. Maurice, le sage Maurice, tenta un nouvel aiguillage.

« Ce qui arrive à Julie est une tragédie. Ce qui t'arrive à toi est peut-être encore pire. Parce que tu ne sais rien. Pour nous, vous êtes l'exemple parfait d'un couple amoureux, mais aussi d'un couple qui a toujours mis les cartes sur la table. Là, vous êtes touchés tous les deux exactement dans ce qui fait votre force : votre communication. »

Nous avions en commun, Maurice et moi, d'imputer à l'existence bien des cruautés. Nous détestions tous deux ce que nous appelions les ironies amères du destin. Avec des accents convergents, nous accusions la vie de frapper sadiquement les êtres au point le plus douloureux. Une femme de parole comme Pauline Julien ne contrôlait plus son élocution. Tel chanteur était atteint d'un cancer de la gorge. Fernand Dumont, à tel moment de sa vie, avait été menacé de cécité, lui dont l'intense vie intellectuelle exigeait la lecture et l'écriture. Maurice diagnostiquait avec justesse le nœud vibrant de notre drame. Autant Julie et moi insistions pour pousser les soupçons, les inquiétudes, les reproches vers le terrain de l'avoué et de l'explicite, de manière à les dépouiller de leur aura imprécise et menaçante, autant nous étions démunis devant l'impossibilité de nous expliquer.

« Tu touches quelque chose que j'aurais dû voir. »

Je buvais comme un automate, sans lutter contre l'ivresse montante, mais pressentant que, mon épuisement aidant, je ne perdais rien pour attendre. Bérangère, qui ne savait trop comment racheter son éclat, m'offrit un café que je déclinai avec un sourire entendu. Elle n'en était plus à découvrir mon alcoolisme.

« Je n'en ai pas plus à dire, ajouta Maurice. Je ne connais rien en médecine, mais j'espère pour vous deux que Julie trouve sa façon de communiquer avec toi. Elle concentre sûrement toute son énergie là-dessus. »

Le vieux copain parlait d'or. Il me mettait les larmes aux yeux et je n'éprouvais aucune fausse pudeur à avouer mon émotion.

« Si vous réussissez à communiquer, vous déciderez ensemble, comme vous l'avez toujours fait. Sinon, c'est toi qui devras deviner ce qu'elle veut. Le défi, ce sera alors, comme disait Bérangère, de distinguer entre ce qu'elle a dit à tel moment et ce qu'elle pense aujourd'hui sans pouvoir le dire. »

Tout en édulcorant finement les paniques de Bérangère, le diable d'homme m'offrait des balises. Elles auraient pu me guider si d'autres éléments n'en avaient pas fait des repères trompeurs. Lui se basait sur ce que Julie avait dit lors de nos rencontres à six. Il ne savait rien des promesses que Julie et moi avions échangées. Je ne voulais pas tout en dire, mais il était malhonnête de laisser Bérangère et Maurice dans le noir complet et idiot de leur demander conseil sans circonscrire l'énigme. Embaucher un avocat et lui mentir, cela n'a jamais été considéré comme un enchaînement logique.

« Vous vous souvenez de ce que nous disions au sujet des dernières volontés? »

Bérangère sourit:

« Tu as toujours insisté là-dessus, Jean-Philippe. Tu m'as convaincu de mettre mes volontés par écrit, mais, non, je ne l'ai pas fait encore. »

Maurice, plus intuitif, suivit une autre piste.

« As-tu eu plus de succès auprès de Julie?

— Pas jusqu'à l'écrit, non. »

Maurice, conscient d'avoir débusqué quelque chose, eut la délicatesse de ne pas insister.

« Non, elle n'a pas écrit ses dernières volontés. Mais elle me les a exprimées de la façon la plus formelle et deux fois plutôt qu'une. Elle revenait toujours à Sue Rodriguez: "Je ne veux pas attendre la mort dans une chaise roulante." »

Bérangère succomba de nouveau.

« Mais elle disait cela quand elle était en bonne santé. Elle ne pouvait pas savoir... »

J'interceptai le regard de Maurice. Nous côtoyions le précipice. Maurice d'emblée, Bérangère plus lentement étaient confrontés à un essentiel évanescent: que *disait* et que *voulait* Julie quand elle s'insurgeait contre l'hypothèse d'une vie amoindrie? Bérangère, réduite au silence pour une fois, était pétrifiée comme une personne frappée de vertige résiste à l'appel de l'abîme. Maurice passait mentalement en revue les versants du drame. Cerveau méthodique et prudent, amitié en alerte rouge, il m'offrait toute l'aide imaginable, mais s'arrêtait en deçà de l'incontournable solitude de la décision finale.

« Comme je te connais, tu dois être en train de reconstituer le calendrier de nos rencontres.

— Le calendrier, je devrais en venir à bout. Et puis, j'ai toujours ça. »

Le carnet trônait sur le coin de la table, témoignage de mes manies.

«Ce que je cherche, et que je ne trouverai probablement jamais, c'est le souvenir d'un regard, d'une
insistance, d'un alourdissement des mots... Je la vois
assise là – j'indiquais derrière nous la chaise qu'elle
occupait habituellement lors de nos rencontres –, je
l'entends enguirlander les juges de la Cour suprême à
propos de Sue Rodriguez ou de Robert Latimer et je
cherche l'étincelle, le ton, l'accent de Julie pour mieux
le capter. Elle parlait de Sue Rodriguez, mais d'elle-
même en même temps. J'ai raté le vrai message.»

Maurice eut l'art, une fois encore, de tracer une
voie tempérée entre les assauts émotifs de Bérangère
et ma propension aux hypothèses catastrophiques.

«Tu peux être certain, mon Jean-Philippe, que
Bérangère et moi allons mener notre rétrospective
nous aussi. Nous nous sommes souvent dit, Bérangère
et moi, que nos rencontres faisaient partie des plus
belles heures de notre vie, justement parce qu'on pouvait tout y dire sans jugements simplistes et sans con-
damnations. Nous aussi nous allons fouiller dans nos
souvenirs pour trouver le message dont tu parles.»

Bérangère acquiesçait. Tout en s'abandonnant trop
volontiers à son tempérament primesautier, Bérangère
se laissait encadrer, pondérer par la prudence béné-
dictine de son Maurice.

«Compte sur nous pour cela. Mais je te mets en
garde et je nous mets en garde nous deux aussi: ce
serait une erreur de nous torturer comme font souvent
les personnes qui pleurent un suicidé. Se dire après
coup, "j'aurais donc dû", c'est stérile et injuste. Dans
bien des cas, la personne avait justement tout fait pour
qu'on ne sache pas. Dans ton cas, ce serait particulièrement contre-indiqué, car je ne connais personne qui
observe la vie avec plus de rigueur et de précision que
toi. Alors...»

Il pointait à son tour en direction de mon carnet.

Nous ne pouvions aller plus loin. J'eus la sagesse de renoncer à conduire et Bérangère m'appela un taxi. Je fus surpris, en arrivant à la maison : bien peu d'heures avaient fui. Deux heures ou deux heures et demie. Il n'y avait pas eu de préliminaires, c'est vrai. Nous étions entrés de plain-pied dans le vif du sujet et nous avions tous les trois subi ou maintenu une énorme tension. Peut-être cela explique-t-il une évaluation du temps aussi floue. Cela m'a rendu un peu plus facile la tâche que je m'étais juré d'accomplir avant de me coucher : ne pas répéter avec Bérangère et Maurice l'erreur d'inattention que j'avais commise à l'égard de Julie. Les sous-entendus de cette soirée, j'entendais les exhumer tout de suite. Si Bérangère et Maurice savaient, pensaient, pressentaient quelque chose, c'est en me passant au ralenti le film de notre conversation que j'allais le savoir. Paranoïa ? Peut-être. Vain espoir ? Peut-être aussi, mais seul ancrage. D'ailleurs, Maurice a beau vanter ma méticulosité maniaque et mon insondable introspection, je sais bien, moi, que me regarder penser ne me rend pas meilleur observateur des autres.

Depuis des heures, je lutte contre le sommeil et je fais ingurgiter à mon ordinateur l'interminable récit de cette soirée. Elle m'a secoué. En même temps, grâce surtout à Maurice, elle m'a donné l'assurance que je ne dérape pas, que j'insiste sur les bonnes charnières : le tout est de savoir ce que j'ai promis.

Le dimanche 4 février 2001

L'effort de la nuit m'a épuisé. Ce n'est pas avant trois heures du matin que le sommeil a pris l'ascendant sur ma fébrilité. La douche a fait de son mieux, les croissants et le café aussi. J'ai ensuite récupéré ma voiture et entrepris mon pèlerinage quotidien. Je n'aurais pas trompé l'œil d'une Julie en pleine forme, mais je pouvais sauver la face devant son regard éteint. Je lui ai relaté à l'oreille l'essentiel de notre rencontre et j'ai cédé la place plus tôt que d'habitude au brandebourgeois que j'avais apporté. Julie a longtemps gardé les yeux ouverts, mais aucune pression n'a réjoui ma main vigilante. En revanche, il devient plus facile de la nourrir et d'apaiser sa soif. Comme si la vie consentait au rétablissement des fonctions les plus élémentaires. Je poursuis plus calmement mon apprentissage. À la maison, j'apprivoise le lit qui symbolise à mes yeux le dernier repos de Julie; à l'hôpital, j'assume avec une moindre crispation mon rôle de petit infirmier amateur.

Assis au plus près de Julie, dont le lit a reçu de nouvelles instructions et qui la redresse un peu plus, j'ai feuilleté quelques-uns de mes carnets de notes. Ils devraient me fournir des repères. Même si je n'ai pas de souvenir précis de ce que j'ai pu écrire à l'époque, il est absolument certain que mes carnets ou le journal de bord que je rédige à l'ordinateur ont gardé des traces des questions pressantes de Julie. À relire mes notes souvent squelettiques ou codées, je m'étonne, cependant, de ma capacité d'amnésie. Je ne me serais pas souvenu sans elles du film dont nous avions pourtant discuté et dont nous pensions tous deux le plus grand bien. Et je retrouve ici la preuve que j'ai osé des prédictions ridicules à propos du scrutin de l'automne. Que font les autres, dont je sais qu'ils ne notent rien? Ont-ils plus que moi une fiable mémoire de l'âme et du cœur? Sont-ils d'avis, tout simplement, qu'il convient de vivre dans l'instant – le «carpe diem» –, que mieux vaut ne pas laisser le passé inhiber la spontanéité du présent, que, de toute manière, la fidèle énumération des grains de sable importe moins que le modelé général du paysage ou de la vie? Dérive oiseuse. Ce n'est pas l'ensemble des mortels que j'interroge sur la fiabilité de leur mémoire, mais Julie et moi. N'est pas non plus en cause la mémoire des détails et des perceptions, mais la trace indélébile que laisse ou non l'adhésion à une valeur, à l'évidence qui, un jour, a paru définitive. Je me sais changeant, mais Julie l'était-elle? Il me semble que non. Son oui ne connaissait pas l'érosion.

Je sais, dans mon cas, que ma jeunesse a baigné dans la foi. J'adhérais, je me conformais, je croyais. Pour une part à cause de l'époque et de la pression qu'exerçaient la famille, le collège, la hiérarchie omniprésente, mais aussi parce que je m'étais persuadé de la justesse des affirmations catholiques. Des années durant, alors même que le désir du suicide se déployait et s'enracinait en moi, quelque chose qu'il me faut bien appeler la foi agissait comme un contrepoids. Un ordre du monde se proclamait haut et fort qui semblait correspondre à la réalité mieux que mon spleen. Ces convictions, je ne saurais nier qu'elles aient existé en moi, non pas seulement au sortir d'une quelconque retraite fermée comme on nous en infligeait, mais durablement et quotidiennement.

Or, je ne parviens plus à imaginer par quel délire je m'étais ainsi persuadé de l'existence de Dieu ou de la logique des exercices spirituels du dénommé Ignace de Loyola. Rien de rien ne subsiste. Je fus cela et je ne me rappelle pas avoir été cela! Si cela ne fait pas rougir ma vanité, je ne sais pas ce qui parviendra à la colorer. En revanche, mon désir de suicide a traversé les décennies sans faiblir. Toujours, il est là, plus fougueux à l'occasion, jamais assoupi, muselé depuis mon imprudente promesse à Julie, mais constant. Pourquoi ces différences entre mes convictions granitiques et les plus éphémères? Entre telle de mes valeurs de départ et celle qui coexista avec elle et fondit ensuite? Je ne sais. Je dois, en revanche, bannir de mon vocabulaire les mots «toujours» et «jamais».

Mais Julie? Ses déterminations tiennent-elles, plus que les miennes, du traditionnel Gibraltar? Après une trentaine d'années auprès d'elle, je le crois, mais, étonnamment, sans en être totalement assuré. Les tempéraments, les cheminements que choisissent nos instincts pour se muer en convictions, les évidences que nous choisissons de voir et de privilégier, tout cela diffère tant d'elle à moi et de moi à elle que j'ignore même ce que sa mémoire retient par rapport à la mienne.

Nos voyages illustrent nos différences. Nous avons le plus souvent voyagé ensemble et vu substantiellement les mêmes choses, mais le récit que nous en faisions devant les amis plaçait les accents de façon si distincte, si opposée parfois, qu'on avait beau jeu de nous taquiner: êtes-vous allés au même endroit? Mais ces différences presque épidermiques m'intéressent bien peu maintenant. Même si j'avais pu prévoir que Julie allait retenir ceci et moi pas, cela ne m'éclairerait guère sur la solidité de ses convictions et l'immuabilité de ses déclarations de principes. Peu m'importent l'épidermique, la perception, la mémoire des choses vues ou apprises. Les valeurs appartiennent à un autre ordre. Les miennes ont fluctué au fil des années. Certaines ont fondu sans mériter mieux et n'ont laissé que vide. D'autres se sont carrément inversées, mes vues d'homme mûr se situant parfois aux antipodes de celles que j'héritais de ma famille et de mon éducation. J'avouerais que l'évolution n'est pas terminée, tant je sursaute à relire tel de mes romans pourtant à peine empoussiéré, tant je goûte maintenant des auteurs que je ne pouvais blairer. Mais Julie?

Julie n'a jamais eu de grand intérêt pour le phéno-mène religieux. Ni pour y obéir ni pour le honnir. Croire ne lui a jamais paru un comportement naturel. Elle n'a pas oscillé d'un extrême à l'autre comme moi, elle a toujours campé à l'extérieur des dogmes répan-dus par l'Église, mais sans l'anticléricalisme des anciens croyants. Elle n'a jamais eu non plus un grand intérêt pour la vie politique. Encore là, sa tiédeur était d'ori-gine et ne s'est jamais démentie. Ni ferveur ni haut-le-cœur. Ni engouement frénétique ni agressif retour de passion. De même, les politiciens ne lui paraissaient ni dignes de culte ni passibles de la géhenne. Ils frayaient un monde différent dont la langue et les rituels ne l'in-téressaient pas. Sur une foule de terrains, Julie a été, de bout en bout, stable, paisible, sobrement indifférente.

Mais elle avait ses passions qui ne connaissaient pas, elles non plus, les crues et les décrues. De tout temps, Julie a aimé et goûté le beau. Elle achetait cher et durable, élégant et indémodable. Son calcul, qui répon-dait à son réflexe et contredisait mon incurable amateu-risme, donnait d'excellents résultats. Nous avions peu de ressources, mais ses choix rendaient bellement con-fortable un budget limité. Différente de moi à cet égard aussi, Julie respectait dans ses achats une hiérarchie des valeurs qui ignorait complètement les slogans du style «achat chez nous». Si les souliers italiens la séduisaient, c'est ceux-là que Julie se procurait. De mon côté, je me suis toujours efforcé, fils de mon conditionnement, de montrer ce qui me paraissait de la cohérence et j'achetais, aimais-je à répéter, aussi près que possible de la maison.

Dieu sait que je n'entends pas décrire Julie comme une femme allergique à tout enracinement social ou civique. Je vois Julie, et c'est pour cela et ainsi que je l'aime, comme une flèche lancée vers son but et qui y tend de tout son instinct. J'étais calcul, raisonnement, introspection et pourtant primesautier et changeant. Julie est spontanéité, naturel, réflexe et pourtant stabilité, constance, paix. Paradoxal.

Maintenant que l'accident et la maladie me contraignent à scruter Julie de plus près pour mieux comprendre et respecter des volontés qu'elle ne peut plus exprimer, je m'explique mieux certaines de ses contradictions. Je reviens à ma flèche. Julie traversait la vie sans dévier, sans se perdre en détails, en escales artificielles ou en enjeux intermédiaires. Autant elle n'avait que faire des contorsions politiciennes ou syndicales, autant, en revanche, elle exprimait des opinions tranchées et fermes sur les comportements éthiques d'ampleur universelle. Julie vomissait la peine de mort. Elle plaçait le droit de manger hors de portée des codes criminels interdisant le vol. Elle n'avait jamais compris qu'on quémande auprès d'une quelconque Cour suprême une injonction pour interdire à une femme de se faire avorter. Julie n'admettait que de mauvais gré les interdictions faites aux réfugiés de se rendre dans tel ou tel pays. Julie défendait ce qui était honorable, vilipendait le retors et le malhonnête. Elle aurait préféré que l'équité l'emporte en tout temps sur la procédure. J'ai beau jeu, quand nous nous heurtons, de lui démontrer que les bons sentiments pavent les enfers éternels et que l'ordre est souvent moins cruel que l'anarchie engendrée par les grandes âmes. Il n'empêche que Julie a toujours eu sur moi l'énorme avantage d'aller directement à ses évidences et d'adhérer plus longtemps que moi à ses certitudes. C'est cela qui pèse lourd dans ma présente réflexion : je ne parviens pas à me convaincre que Julie ait pu, après m'avoir établi avec son regard des jours solennels la ligne de démarcation entre la vie et ce qui ne méritait plus ce nom, laisser s'éroder cette certitude.

Jusqu'à ma rencontre avec Bérangère et Maurice, j'espérais encore une échappatoire : si Julie ne connaissait pas son état au moment où... Mais cela ne tient plus, à moins que je sois en train de me servir à moi-même de pleines pages de sophismes. Si, en effet, Julie ne déroge jamais à ses convictions, peu importe ce qu'elle savait de sa santé quand elle m'a signifié ses volontés. Je ne peux même pas invoquer contre elle sa lenteur à les jeter sur papier. Elle ne voyait pas ce que l'absence d'écrit pouvait changer à nos rapports. « Toi, tu sais ce que je veux. Les autres, je ne leur demande rien. » À toutes fins utiles, telle était sa pensée. Je glisse vers la mauvaise foi si je me cramponne au fait qu'aucun écrit n'existe ou à celui qu'elle se croyait en bonne santé en me la livrant.

La seule échappatoire encore inexplorée, c'est que Julie ait accepté au fond d'elle-même que je lui impose une survie, de la même manière que je me suis résigné à cause d'elle à prolonger mon existence de jour en jour depuis des années. En plus d'être mince, un tel espoir confine de si près à la revanche que je me sens malhonnête et même sale de l'évoquer à propos de Julie. Il n'y a d'ailleurs pas de commune mesure entre l'acceptation qu'elle aurait pu faire de mon suicide et l'impensable cruauté que je montrerais en lui imposant maintenant des mois de ténèbres, d'isolement, de souffrances. Suis-je en train d'écrire pour reculer l'échéance? J'ergote, alors que déjà monte en moi la vision implacable de ce que Julie voulait, de ce qu'elle veut, de ce qu'elle réclamera jusqu'à la fin.

Je ne parviens même pas à écrire le mot. Je me leurre moi-même en recourant aux euphémismes : mettre fin à ses souffrances, abréger ses jours... Ce qu'elle veut et attend de moi, c'est que je la tue. Voilà, c'est écrit.

Cela vide presque de son sens la rencontre prévue avec l'oncologue. J'irai, mais avec une nervosité moindre et, somme toute, des questions moins lancinantes.

Le lundi 5 février 2001

Je reviens sur cette entrevue dont je n'attendais plus grand-chose. Le conseil de la gynécologue de Julie n'allait pas assez loin dans la mise en garde. L'oncologue reproduisait comme un triste clone le médecin que j'ai mis sur ma liste noire et qui m'a vite renvoyé l'ascenseur sur la gueule. Un autre grand seigneur dont les minutes sont tarifées et les phrases, pontifiantes et précieuses. Je ne sais s'il faisait exprès pour n'user que de termes techniques opaques, mais il orgasmait chaque fois – et c'était fréquent – que je devais m'enquérir : « Oui, mais qu'est-ce que cela veut dire ? » Une seule chose le préoccupait, un peu comme son collègue, et c'était de savoir si, à titre de mari mécontent, j'entendais le poursuivre. Ai-je trop tardé à le soulager de cette crainte ? Probablement pas, car dès l'instant où cette possibilité a été levée, il m'a renvoyé au néant. J'apprendrais que l'animal a soigneusement enregistré la phrase où j'écarte tout recours judiciaire que je m'en étonnerais à peine.

Oui, à la demande de sa consœur, il a reçu et examiné Julie. Oui, il a relevé différents symptômes accusant tous une tumeur maligne au cerveau. Quand j'ai voulu savoir à quelle date précise il avait avisé Julie de son état, sa méfiance a occupé tout le champ. Il a probablement redouté que l'admission d'un long délai entre son diagnostic et les constatations de l'hôpital serve d'argument contre lui. Il passa à l'offensive.

«Vous la connaîtriez la date si votre femme avait décidé de vous mettre au courant. Visiblement, elle ne l'a pas fait, mais cela ne me regarde pas.»

J'éprouvais une rage folle que je sus exprimer en termes malgré tout contenus. Je lui ai dit qu'en effet cela ne le regardait pas, mais que je tenais, pour des raisons personnelles, à connaître cette date. J'étais quand même coincé. Il avait beau jeu d'invoquer contre moi le silence de Julie. Elle était sa patiente, il pouvait arguer du secret professionnel. Le salaud prenait plaisir à maquiller son sadisme en culte de l'éthique. J'eus besoin de toute mon humilité pour bifurquer et me rabattre sur la question qui m'importait davantage : Julie souffrait-elle? Il me fit l'aumône de quelques miettes d'information. En oncologie, on estimait qu'une tumeur au cerveau cause des douleurs croissantes à mesure que les métastases se déploient, mais il n'aurait pas été scientifique de sa part de spéculer sur ce qui se produit quand une tumeur au cerveau évolue pendant un coma résultant d'un traumatisme. Il jugea ensuite que l'audience avait assez duré et se leva. J'étais congédié, sa carrière reprenait son ronronnement après le bref instant de flottement créé par la crainte de poursuites.

En me remémorant la scène, je renoue avec ma fureur. Au fond de moi, je dois convenir que ma rage serait moindre si ce patricien prétentieux n'avait pas d'emblée plongé le doigt dans ma plaie vive : Julie, de fait, ne m'a rien dit et cela me prive des moyens d'insister. Ce soir encore, je m'en veux de n'avoir pas mieux planifié cette entrevue. Le résultat en serait peut-être inchangé, mais j'aurais eu avantage à aborder d'abord le thème des souffrances. Mijotant dans sa peur de poursuites, il se serait alors montré plus disert. Bel illogisme de ma part. Je me suis persuadé que la date importe peu et que seules m'inquiètent les souffrances de Julie et voilà que, une fois encore, l'essentiel me glisse des mains et de la bouche.

Deux semaines depuis l'accident. Deux semaines qui me font redouter que Julie soit murée dans un silence définitif et que je doive arrêter mes décisions sur la foi de ce qu'elle exige de moi depuis quelque temps. Tout conspire, en tout cas, pour me laisser dans l'ignorance absolue de ce que peut désirer ma Julie d'aujourd'hui. De ce qu'elle souffre, devrais-je dire, tant me hante – pas assez pourtant! – l'hypothèse de sa douleur. Son silence me coince, mais aussi des circonstances qui auraient pu être autres, des personnes qui auraient pu voir ce que je n'ai pas vu et consentir à me le dire. Ce n'est pas le cas. Certaines déceptions viennent des amis. Non, je suis injuste. Je pense non pas à l'ensemble de notre petit cercle, mais à Bérangère qui sombre dans l'émotivité à la seule évocation des choix qui me restent. Quand j'ai appelé Bérangère en fin de journée hier pour la remercier et pour m'excuser de ma piètre performance d'invité, elle a vite écarté, comme c'était prévisible, les mercis et les actes de contrition, mais quelque chose s'interposait comme un filtre, une réticence. Comme si elle ne réconciliait pas mon image d'ami familier et les abîmes que j'avais ouverts sous ses yeux. Comme si nos entretiens sur la mort, le suicide, l'euthanasie avaient cessé de constituer d'acceptables propos de salon avant-gardistes et des thèmes de dissertations académiques pour charrier la chair et le sang et, plus précisément, une chair et un sang terriblement proches. Quand elle m'a passé Maurice qui avait insisté pour me parler, j'ai mesuré l'ampleur du décalage. Tous deux savaient depuis samedi que je rencontrais ce matin l'oncologue à propos de la date du diagnostic et peut-être de mes craintes au sujet des possibles souffrances de Julie, mais Bérangère évita soigneusement d'aborder ce thème. Maurice, au contraire, y alla directement. Il lui tardait, non pas d'inscrire une date et de situer nos rencontres dans le pourtour de cette date, mais de bénéficier du compte rendu de la rencontre. Il utilisa spontanément le mot que j'avais choisi : « Le salaud ! » J'avais apprécié son amitié et ses intuitions et je le lui répétai. J'osai ajouter, ce qui ressemblait peu à nos rapports coutumiers : « Je ne détesterais pas que nous reprenions ça, toi et moi, mais je ne voudrais pas blesser Bérangère. » Sa réaction un peu frileuse me confirma qu'ils avaient beaucoup échangé depuis ma visite : « Oui, pensons-y ! » Il voulait manifestement donner du jeu à Bérangère qu'il aimait autant que je peux aimer Julie. Il naviguait prudemment entre deux loyautés.

Deux semaines. Qui ont peut-être étiré une effroyable éternité pour Julie ou qui ne sont qu'un rien dans son néant. En cas de doute, dois-je tuer ? Je répète le mot, pour m'y rompre. Pour que ce ne soit pas le son ou la graphie du mot qui fasse obstacle, mais le geste. Pour que, une fois vaincue la force de dissuasion du terme, je regarde l'acte en face.

Je ne vais pas plus loin ce soir. Se flétrissent un à un les fétus roses auxquels je me raccrochais. Autant je me reprochais il y a quelques jours de me laisser absorber par des détails et de négliger les questions essentielles, autant je suis pris de terreur à mesure que cet essentiel monopolise ma pensée. Moi, tuer Julie ?

Le mardi 6 février 2001

Je me heurte, en activant mon ordinateur, aux mots odieux qui concluaient hier mon journal de bord. Ils ne me quittent plus. Même si, par nécessité autant que par lâcheté, j'ai consacré pas mal de temps aujourd'hui à une logistique que je prétends détester, j'ai ruminé sans fin les trois mots fatidiques : « Moi, tuer Julie ? » Aimer Julie jusqu'au meurtre ?

Sur le conseil d'Évelyne, j'avais communiqué avec une de ses compagnes et à peu près conclu une entente de principe quant à des soins à domicile. Nous tenions cependant tous deux à ne rien décider tant qu'elle n'aurait pas vu Julie. Elle avait établi la condition un instant avant que je le fasse. Maryvonne, c'est son nom, souhaitait en outre qu'Évelyne, si possible, participe à notre rencontre. J'ai joué les intermédiaires et harmonisé les horaires de tout le monde, m'agitant pour ralentir dans ma tête la sarabande qu'y martelait ma sempiternelle question. Au moins je n'étais pas seul. Au moins le chassé-croisé des questions et des réponses retardait mon affrontement avec l'ange.

Évelyne nota ma nervosité. Elle prit sur elle, en me consultant constamment du regard, de renseigner Maryvonne. Pendant ses explications, elle tenait la main de Julie. Elle plaçait Julie, où que flotte son âme errante, au centre de nos paroles. Maryvonne, en admiration devant sa compagne, insérait Julie elle aussi dans notre réseau de tendresse. Évelyne fit mon éloge, raconta gentiment mon apprentissage d'infirmier, me taquina un peu. («Le problème, c'est qu'il l'aime trop. Il a toujours peur de lui faire mal...») Maryvonne et Évelyne partagèrent les tâches entre mes capacités et ce qui me dépassait. À raison d'une heure par jour, Maryvonne ferait les relevés nécessaires, les relaierait à un éventuel médecin, administrerait piqûres, sérum, sédajtifs. S'il fallait davantage, elle ajusterait l'horaire. Et elle ne serait jamais qu'à un coup de téléphone de distance. Je regardais Julie pendant tout ce temps, tentant de lire dans ses yeux fréquemment ouverts une lueur de compréhension. En vain. Évelyne et Maryvonne avaient tout fait pour la rassurer et pour lui présenter le retour à la maison comme un transfert sans risque, mais elles ne purent en lire l'appréciation dans le regard de Julie.

Il restait à faire entrer dans le décor le médecin suggéré par Évelyne et à décider avec elle la date du retour. Nous en sommes là. À Évelyne de nous ménager un rendez-vous. Maryvonne la connaît et se réjouirait de travailler sous sa gouverne. Mais pourquoi ce bilan sec quand l'admiration me met les larmes aux yeux? Au nom de quoi une femme comme Évelyne, dont je ne sais rien et pour qui Julie pourrait se réduire à une fiche de plus, multiplie-t-elle ces démarches? Cela réconcilierait avec l'humanité si, sur l'autre flanc, n'avaient pas tant sévi mes patriciens au cœur sec.

Ce soir, j'ai repris ma routine. J'écris le compte rendu de ma journée, en tirant de mon carnet un supplément de précisions. Je me suis enveloppé dans la musique, comme Julie le faisait pour ses soirées de lecture et pour accompagner mes heures d'écriture, puis j'ai renoncé. Je levais la tête à tout moment en quête du halo de sa lampe et d'un pied nu dépassant de son fauteuil, mais, hélas, même son fantôme était absent. J'avais choisi les enregistrements que j'apporterais à l'hôpital et je les avais écoutés en bonne partie; cela suffisait. Oui à la musique partagée avec Julie, non à la musique avivant mon désespoir.

J'achève de ronger olives et cachous en sirotant mon bordeaux. Et je songe. Ai-je vraiment déblayé le terrain et épuisé tous les questionnements? Je ne sais. Je me suis aventuré dans un labyrinthe mental dont je ne sors pas. Je fends les cheveux en quatre, je multiplie les subtilités, je gratte mes plaies. Même nos amis les plus intimes sont tentés de me dire: «Vis, au lieu de te torturer, et ne cherche pas à remodeler la condition humaine dix fois par jour.» Je ne pourrais pourtant pas agir et penser autrement. Julie, sans épouser mes incessantes intransigeances, aimait que j'obéisse à mes principes. Elle m'aurait méprisé et quitté si je m'étais englué dans le carriérisme, la vénalité, les jeux de coulisse. Julie était mystifiée par mon entêtement à écrire jour après jour, mais elle aurait été déroutée – déçue? – si j'avais tout à coup cessé de le faire. Elle aurait vu là au mieux une incohérence, au pire un abandon.

Julie, comme moi, accordait de l'importance aux motifs. D'après elle, le geste vaut surtout par son lien avec une motivation respectable. Il lui suffisait qu'une personne fasse dans le bénévolat à seule fin de bonifier son curriculum pour qualifier cette personne de faussaire. Julie, d'ailleurs, décelait d'instinct les mobiles cachés et peu honorables. On ne la leurrait pas.

Ce soir, le regard de Julie pèse sur moi. Pourquoi en suis-je à envisager de la tuer? Quel est mon motif? Est-il suffisamment défendable pour résister au test de ce regard? Il m'arrive, en effet, *horresco referens*, malgré l'injustice faite à Julie, d'en attendre enfin mon propre suicide. Elle partie, ma promesse s'éteint. Je deviens libre de mourir. Je peux accomplir ce que j'ai autrefois rendu conditionnel. J'éprouve alors, il me faut l'écrire, un sentiment de légèreté: oui, mon existence achève.

Oui, l'existence cessera tout à l'heure de me violenter. Puis, comme ce soir, je me mets en garde. Je n'ai pas le droit de laisser mon impatience nuire à Julie. Le soulagement que j'éprouve à entrevoir la fin de mon invivable parcours ne doit pas téléguider mon choix. Même si Julie, murée dans son silence, souhaite probablement que je mette fin à sa misérable existence, elle m'en voudrait si le geste prenait sa source dans le mauvais motif. Si je la tue, il faut que ce soit à sa requête, non pour mourir moi-même plus tôt.

Le mercredi 7 février 2001

Superbe journée. Froidure extrême, mais une clarté qui sculpte le moindre détail. Cela a duré jusqu'à une heure qui témoignait de l'allongement des jours. La remontée de la nature vers la vie, je l'observe pour la dernière fois. Je m'en emplis les yeux, comme des paysages ou des lieux qui enivrent pour l'unique fois et dont on tente d'épuiser la beauté et la substance en un seul coup d'œil.

La journée, à tout prendre, a été bonne. Julie était belle contre son oreiller blanc. Un peu redressée par les vertus mécaniques du lit d'hôpital, son plâtre à peine soulevé par un coussinet, la tête libérée du plus gros des bandages, son casque blond de retour, Julie ressemblait à une convalescente en transit vers le rétablissement complet. Ce ne sera pas son sort, mais le plateau où elle s'est hissée en une quinzaine de jours surplombe quand même de très haut l'horreur des premiers jours. Je lui parlais à l'oreille quand Évelyne s'est présentée en compagnie de la médecin. Présentations simples, poignée de main ferme, regards lancés comme des sondes d'elle à moi et de moi à elle, puis, sans transition, comme si la politesse la plus élémentaire exigeait qu'elle consacre toute son attention à la malade, la médecin me remplaça auprès de Julie. Sa carte me rappelle son nom : Marie-Estelle Bouchard.

La scène qui suivit m'émeut ce soir encore. La

docteure Bouchard se présenta elle-même à Julie, en précisant ses champs de compétence et d'intérêt. Elle insistait sur ses valeurs. Elle expliqua à Julie qu'elle succédait à des confrères, mais qu'elle s'engageait, elle, à rester en place tant que Julie le voudrait. Elle posait des questions à Julie, lui commentait son pouls et sa pression, l'incitait à montrer de l'appétit même si la bouillie de l'hôpital n'avait rien de gastronomique. Tout ce temps, elle maintenait un contact physique avec Julie, lui tenait la main ou l'épaule, lui lissant doucement les cheveux. Quand Julie ouvrit les yeux, la docteure Bouchard en profita pour les éclairer, pour soulever délicatement les paupières qui, plus que jamais, me faisaient penser à de délicates feuilles de thé, pour mesurer leurs réflexes. Que ce comportement plein de compassion condamnait les tours de piste des techniciens précédents!

L'apparence de la docteure Bouchard n'attire guère l'attention. Moi-même, j'avais été surpris, victime de mes clichés, par l'apparition de cette petite femme un peu boulotte et qui n'arborait aucun des symboles prestigieux de sa profession et surtout pas l'arrogance. Près de la cinquantaine, la chevelure à peine saupoudrée de blanc, quelque chose d'ardemment maternel dans un regard constamment allumé, elle ressemblait davantage à une infirmière d'expérience qu'à un membre du Collège des médecins. On m'aurait présenté Évelyne et la docteure Bouchard ensemble que j'aurais spontanément interverti leurs qualifications professionnelles. Elle lut mon étonnement dans mes yeux et je me sentis grossier d'avoir été aussi transparent. Elle trouva une manière indirecte de clarifier son statut:

« Rien ne vous oblige à m'appeler docteure. J'aimerais que vous parliez de Marie-Estelle s'il est question de moi avec Julie. »

Toujours cet art d'intégrer Julie à la conversation,

de convertir sa compétence en chaleur humaine, de rassurer sans jargon ni diplômes. J'aurais juré que Julie pensait comme moi. Nous devions beaucoup à Évelyne, elle apprécia mon émotion devant la finesse de la médecin.

Quand la docteure s'enquit auprès de Julie de son désir de quitter l'hôpital pour regagner la maison, je compris qu'Évelyne avait préparé le terrain. Habilement, la docteure Bouchard s'adressait à Julie, la rejoignant dans son plus intime, mais ses propos me visaient aussi. Je n'aurais pas à me battre avec elle pour qu'on nous laisse, à Julie et à moi, le peu que la vie pouvait encore nous offrir. Elle reprit la main de Julie et lui parla à l'oreille.

« D'ici à ce que je revienne, vous avez des devoirs à faire. Vous allez concentrer votre pensée, toute votre pensée, sur les doigts de votre main. Ils doivent se réveiller et bouger. Ils vous doivent cela! Si vous les convainquez, vous ne serez plus seule. Et votre mari ne sera plus seul lui non plus. Pensez à vos doigts. »

J'écris cela comme dans un rêve. La scène se joue et se rejoue devant moi sans que j'en épuise la tendresse. Quand j'imagine Julie sur son lit de l'anonyme hôpital, c'est sur ses doigts que je concentre moi aussi ma pensée. Comme tout changerait si le miracle se produisait! Comme Julie doit souhaiter elle aussi recréer quelque chose de notre communication!

La rencontre se conclut tout aussi simplement. Julie pouvait compter sur elle. Je n'avais pas à redouter de complications et je pouvais me détendre un peu (petit sourire en coin!). Elle avertirait l'hôpital du départ de Julie. Elle le prévoyait pour lundi prochain, mais elle reviendrait la veille ou le matin même pour une dernière évaluation. En quelques minutes, ma folle ambition recevait une forme et un calendrier. Née dans la colère et la frustration, l'idée de ramener

Julie chez nous s'adoucissait. Elle n'était plus une protestation contre l'inhumanité du système, mais le désir ressenti par deux amants d'approcher la mort ensemble, comme ils ont traversé la vie ensemble.

Ce soir, un certain calme monte en moi. Non pas *la mer qui vient me prendre comme une barque*, mais une eau étale, presque tiède, qui étouffe et noie les crispations. Julie et moi, nous nous retrouverons dans quelques jours, seuls comme au début de notre amour, comblés l'un par l'autre. L'hôpital, mal nécessaire, ne sera plus qu'un souvenir. La maison, où Julie aimait vivre, redeviendra une complice, une présence tutélaire, le lieu où mon beau gisant aura toujours à son oreille mes mots d'amour et sa musique.

D'ailleurs, elle sonne différemment, cette musique. Au lieu de m'être une douleur comme c'était le cas depuis l'accident, au point que je ne pouvais en supporter que quelques mesures, je la goûte ce soir comme l'annonce du retour de Julie. Elle occupe la maison à la manière d'un comité d'accueil, attentive à devancer les désirs de l'invitée. Nos solitudes vont se ressouder.

Lundi. Je vais en rêver.

Le jeudi 8 février 2001

La docteure Bouchard, pardon, Marie-Estelle, a tenu parole. L'infirmière de service ce matin était au courant du départ prochain de Julie. Elle était à la fois heureuse pour nous et intriguée. Gentiment, elle offrit de répondre à mes questions si j'en avais. Je lui demandai simplement d'assister à mon « service infirmier ». Elle accepta, tout en protestant. Elle m'avait vu faire : Julie était en bonnes mains. Savoir de façon assurée que, dans quelques jours à peine, je devrais prodiguer à Julie ses soins d'hygiène sans le parrainage d'une aide professionnelle me rendit un peu nerveux et plus méticuleux encore que d'habitude.

Je venais de terminer mon agréable corvée quand Marie-Christine et Jean-Luc sont arrivés. Ils s'étaient annoncés tôt ce matin. J'avais hâte de les revoir, hâte de voir Julie à travers leurs yeux, hâte de les voir envelopper Julie de leur amitié. Benjamine de notre petit cercle d'amis, Julie y jouissait d'un préjugé favorable. Ce qu'elle disait, tumultueux ou pas, décapant parfois, nos amis prenaient plaisir à en entendre la défense. Au nom de son appartenance à un univers plus jeune, au nom de sa connivence avec les impalpables de la culture.

Marie-Christine ne se demanda pas si elle pouvait embrasser Julie. Elle le fit, deux fois plutôt qu'une, s'attardant longuement à tenir sa joue contre celle de Julie. Jean-Luc, plus empesé, effleura sobrement les joues de Julie et se retira à un pas du lit. Marie-Christine se glissa de nouveau au chevet de Julie. Comme moi au premier jour, tous deux se demandaient visiblement si Julie avait conscience de quelque chose. Je devançai la question. En présumant que Julie nous entendait, nous ne pouvions faire fausse route. J'en profitai pour mettre Marie-Christine et Jean-Luc au courant des derniers développements. Si, par malheur, Julie ne savait plus si elle avait entendu ou rêvé la promesse de Marie-Estelle, mieux valait lui en rappeler la réalité.

«Julie revient chez nous. Lundi prochain. La docteure l'a autorisé et une infirmière va m'aider au moins les premiers jours.»

Jean-Luc, toujours méthodique, calcula :

«Ça fera... trois semaines. Est-ce normal?»

Qu'importait la gaucherie de la question? Nous nous moquions des normes, Julie et moi. Nous avions hâte de nous retrouver chez nous. Je comptais sur la complicité de la maison, sur ses bruits et ses odeurs, pour rasséréner Julie et peut-être tisonner sa mémoire assoupie. Marie-Christine bénit ma folie en y mêlant Julie.

«Excellent! Tu dois en avoir jusqu'aux oreilles de l'hôpital, ma Julie! Ce sera plus facile d'aller vous voir et de te dorloter un peu. Nous parlions de toi avec Bérangère et Maurice et nous avions hâte de te retrouver.»

Le cercle d'amitié pourra-t-il se recomposer quand Julie et moi serons de retour dans «nos affaires»? J'en doute. Je me réjouis de ce resserrement des liens, mais j'en pressens aussi les inconvénients. Julie entendra d'autres voix que la mienne et je serai rassuré de savoir Marie-Christine ou Bérangère au chevet de Julie pendant que je fais les courses, mais je n'admettrai pas qu'on me vole le peu d'existence qui reste à Julie. Surtout pas sa mort. Je ne sais comment le dire sans blesser. Que l'amitié sache s'arrêter au seuil où commence l'amour, là où l'amour et la mort bloquent leur porte à tout ce qui n'est pas leur fusion! Nous en arrivons là à une vitesse folle.

J'ai presque honte d'écrire cela, mais j'ai entrepris à mon retour de l'hôpital le ménage de la maison. Comme un collégien en appartement s'attaque à l'amoncellement de vaisselle sale quand menace la visite de ses géniteurs. Pendant trois semaines, le savoir-faire et la retenue qu'impose à un mâle moderne son statut de mari ont pris des vacances d'un goût douteux. Les journaux s'empilent par terre dans un coin du salon. Les bouteilles de vin vides témoignent de mes évasions. Le linge sale a souvent abouti à la laveuse, mais sans que s'ensuive le repassage. Quant aux pantalons, je me suis rabattu sur le velours côtelé en lui sachant gré de sa tolérance. Le plus poignant, c'était la dispersion désordonnée et affolée de mes carnets personnels à travers la maison. J'ai cherché à retracer dans ces carnets, mais sans les soumettre encore à une battue systématique, tout ce qui pourrait raviver le souvenir des conversations marquantes. Ils sont là, ouverts à la date d'une rencontre à six ou d'une conversation particulièrement dense avec Julie. Je les ai tous refermés aujourd'hui, emporté par mon souci d'ordre domestique, mais ils m'assiégeront une partie de la fin de semaine.

Mais peut-être pas non plus, car ma conversation de cet après-midi avec Marie-Estelle – que j'ai peine à appeler ainsi tant je répugne à baisser ma garde devant qui que ce soit – m'a laissé songeur. Je comptais laisser un message, mais je l'ai eue au bout du fil en deux minutes. Mes remerciements coulaient avec une sincérité totale. Elle apprécia, mais passa vite. J'avais deux questions que j'aurais peut-être dû poser devant Julie. À ma surprise, elle pensait le contraire. Oui, il fallait la traiter comme une vivante et comme une présence consciente, mais cela ne nous donnait pas le droit de l'inquiéter avec ce dont nous n'étions pas certains. Mes questions étaient de cet ordre.

« Est-ce qu'elle souffre? »

Marie-Estelle répondit avec des nuances, mais sans malaise. Elle ne le croit pas. Julie, selon elle, subit la loi d'un rêve dont elle ne parvient pas à s'extraire. Rêve probablement paisible, mais que des cauchemars peuvent traverser. Cela peut inquiéter Julie, la faire souffrir parfois, mais comment évaluer un cauchemar dont on n'est pas la cible? En même temps, il est probable que la perte de conscience, l'espèce de coma qui garde Julie hors du monde, a bloqué la douleur physique et même vidé le cauchemar de sa charge émotive. Peu de certitudes, conclut-elle.

Marie-Estelle a segmenté son avis encore davantage. Les fractures sont en train de se résorber et elles ne sont pas douloureuses en elles-mêmes. Le sommeil plonge moins profondément et le corps ne change pas de position à son gré, mais pas de grandes douleurs. Ce qui est moins clair, c'est ce qui se vit dans la tête de Julie. Les analyses sont malheureusement si claires, dit-elle, qu'elle non plus n'aurait pas recommandé une opération. Les métastases ont atteint un tel volume et menacent des parties si névralgiques du cerveau que la cause est entendue. Quant à savoir si les progrès du cancer accroîtront la douleur, les certitudes font encore défaut. Des nuances m'échappent forcément, mais je retiens que Julie est coincée entre deux destins également cruels : dans l'hypothèse où elle demeure inconsciente, la douleur l'atteint moins; si la conscience émerge, il y a risque que sa perception de la douleur augmente en proportion. Que souhaiter?

« Vous avez bien fait, conclut Marie-Estelle, de ne pas m'obliger à dire tout ça devant votre épouse. Qu'elle conserve son énergie à réussir un ou deux gestes simples. Cela vous permettra de communiquer avec elle et cela me permettra de savoir ce qu'elle veut. »

Dans son laconisme, sa dernière phrase confirmait ce que m'avait dit Évelyne : Marie-Estelle prendrait ses ordres de Julie et de personne d'autre, pas même de moi.

Ma deuxième question ne la surprit pas davantage.

« Combien de temps ? Vous avez déjà l'estimation de mon confrère et je ne peux que la corroborer. Bien peu de temps, je le crains. Je fais tout le possible pour qu'elle vive ce temps près de vous. »

Marie-Estelle parlait au présent, mais elle n'escamotait pas l'échéance.

« Julie ne verra pas un autre printemps ? demandai-je.

— Je ne le crois pas. En un sens – comprenez-moi bien –, je ne le lui souhaite pas. Si la maladie traîne, la douleur va augmenter et je ne parviendrai pas à la contrôler, car la médication perd de son efficacité. J'ai compris que vous étiez sensible à la douleur de votre épouse. Cela m'oblige à me montrer brutale. »

Elle ne l'était pas. Au contraire. Mais sa parfaite intelligence de notre situation me laissait, moi, encore plus seul devant mes choix. Je souhaitais, évidemment, que Julie puisse exprimer ses désirs, mais une autre crainte venait de surgir : tout progrès de la communication pouvait se solder par l'accroissement de la douleur. Et si la douleur déferlait sans digue possible, la demande formelle de Julie retentirait avec plus de force.

Le vendredi 9 février 2001

Je l'avais souhaité sans trop insister, mais les circonstances ont voulu, grâce à un coup de pouce d'amis si chers, qu'il en soit fait selon mes vœux: Bérangère et Maurice se sont manifestés à l'hôpital et j'ai pu ouvrir le jeu avec Maurice. Son jugement m'est toujours précieux, car il combine les ressources de l'amitié et celles d'une intelligence fabuleusement alerte. Je ne sais si Bérangère voulait se faire pardonner ou si, au contraire, elle avait semoncé Maurice et lui confiait un message, mais c'est d'elle que vint le signal.

«J'aimerais rester seule avec Julie un petit moment. Allez donc vous prendre un café entre hommes. Vous m'en apporterez un.»

Je veillai à ne pas me précipiter sur l'invitation. Mais je ne trompai personne. Une fois assis devant nos cafés, je bafouillai des excuses, mais sans convaincre. Oui, Bérangère et Maurice avaient parlé de Julie. Oui, Bérangère avait subi un choc en nous voyant évoquer suicide et suicide assisté, euthanasie et meurtre comme autant d'hypothèses envisageables. Elle nous aimait trop cependant, Julie et moi, pour nous croire capables de tels gestes. Elle imputait à un désarroi bien compréhensible ce vertige d'idées noires, souhaitait me voir réagir, surmonter la crise.

«Et toi?» demandai-je à Maurice.

Maurice prenait calmement ses marques. Il ne se

123

laissait pas distraire par les nuances, mais ne ratait aucune de celles qui méritaient l'attention. Il ne tordait pas les opinions divergentes pour inventer des consensus artificiels et fragiles, mais il réduisait presque à tout coup les fossés entre les gens. Lui aussi souhaitait que je fasse attention à la fatigue, à l'isolement. La vie que je menais depuis trois semaines lui paraissait trop débalancée pour me laisser une saine vision des choses et, surtout, pour ne pas inquiéter Julie elle-même. J'encaissai l'argument en plein cœur.

« Cela dit, poursuivit-il dans un de ses rares discours, je sais qui vous êtes tous les deux et je sais, tout en trouvant ça parfaitement normal, que des grands bouts de votre vie à deux nous échappent complètement. Je ne juge donc pas, car je ne sais pas. Et, sincèrement, je ne suis pas certain que je veux savoir. »

À sa façon coutumière, il avait dit beaucoup en peu de minutes. Nous avions à peine siroté notre lavasse que l'essentiel était dit. J'espérais quand même un conseil.

« Je vais risquer une hypothèse. Nous nous connaissons assez pour que tu la prennes en bonne part, même si je passe loin de la coche. D'après moi, tu passes des heures et des nuits à apprivoiser une décision. Je me trompe peut-être, mais c'est ce que je sens. »

Mon silence l'invita à poursuivre. Il était prêt.

« Passe donc quelque temps à te convaincre de la décision inverse. Tu choisiras après. Seulement après. »

Sacré Maurice! Il me connaissait bien! Son judo mental retournait mes propres forces contre moi. Il convertissait en atout ce qui était chez moi une faiblesse congénitale. Introverti, poussant l'épuçage de ma conscience jusqu'à la torture, j'ai passé ma vie à scruter mes motifs, à remettre constamment en question chacun de mes gestes. Maurice, fin connaisseur, me ramenait à mes règles: aucune décision ne me satisferait si elle n'avait été précédée par la comparaison de tous les possibles, de toutes les issues. Il ne me disait pas quoi faire. Il me poussait à être moi jusqu'au bout, à demeurer fidèle à ma manie du doute systématique. De mon insécurité, il faisait un facteur de lucidité, d'équilibre, d'équité à l'égard de toutes les hypothèses. Dire que ma conscience vérifiait, il y a si peu de jours, si c'était mon problème à moi que je désirais régler ou celui de Julie. Dire que j'avais penché d'emblée du côté du pire scénario, sans consacrer aux autres le même investissement émotif. Maurice m'obligeait à la cohérence.

Le retour auprès de Julie s'est effectué en silence. Bérangère couvait du regard celle qu'elle traitait gentiment de bambine quand la différence d'âge leur faisait voir les choses de manières trop différentes. Je leur appris le prochain retour de Julie à la maison. Peut-être en avaient-ils eu vent en parlant à Marie-Christine et à Jean-Luc, car leur joie réelle n'indiquait pourtant pas la surprise.

Ce soir, je suspens la corvée du ménage pour réfléchir au conseil de Maurice. Déjà, j'y adhère. En partie parce qu'il vient de l'homme le mieux renseigné sur notre couple. En partie aussi parce qu'il correspond à mes valeurs. Je n'ai jamais érigé le doute systématique en philosophie de vie, mais j'ai toujours apprécié qu'il joue dans les décisions les plus délicates de notre vie à deux. Reste, surtout quand Julie glisse vers la mort et souffre peut-être dans sa chair et son âme, à ne pas laisser le doute dégénérer en aboulie. Douter, cela ne doit pas alanguir la volonté, suspendre indéfiniment les décisions. Cela ne devra même pas les retarder pendant que l'autre subit. Il suffit de ne pas conclure trop vite que la première intuition est la bonne. Ne pas présumer. Ne pas présumer que Julie souffre l'enfer. Ne pas présumer qu'elle savait son cancer irrémissible quand elle m'a fait promettre l'horreur. Ne pas présumer que mes motifs sont purs de scories. Ne pas présumer que le meurtre, même sollicité par son éventuelle victime, est légitime. Après tout, j'ai toujours considéré l'euthanasie comme un meurtre et ce serait un meurtre que d'euthanasier Julie. Je frémis à écrire de telles choses, mais c'est un des effets attendus du doute et de la révision méthodiques que de vaincre la peur des mots. Ne pas présumer que l'hypothèse la plus horrible est la meilleure ou que la plus douce devrait l'emporter.

J'en veux encore à Bérangère de sa nervosité. Le conseil de Maurice me convaincrait plus profondément si Bérangère n'y avait pas contribué. Inspiré par Maurice, le doute est une prudence ou une sagesse; exigé par elle, il est peur et fuite. Je m'aperçois, quoi que j'en dise, que je n'ai pas accepté encore le conseil de Maurice. J'en suis à y lire l'influence pusillanime de Bérangère. Mauvaise excuse pour reprendre la parole donnée à Maurice? Je suis assez tordu pour cela.

Mais que devrais-je remettre en doute? Peut-être ma crainte de voir Julie souffrir. Même les personnes les mieux disposées à son égard estiment possible que son coma la blinde contre les pires assauts de la douleur. Peut-être aussi devrais-je réexaminer ma perception des intimes convictions de Julie. J'ai toujours perçu Julie comme beaucoup plus *définitive* que moi, comme parvenant par fulgurance à des positions inébranlables. J'en ai déduit que ce qu'elle détestait devenait pour elle à jamais détestable et que jamais ses valeurs ne broncheraient. En est-il ainsi? Selon plusieurs des médecins les plus expérimentés et les plus fiables de la Maison Michel-Sarrasin, elles sont nombreuses, très nombreuses les personnes qui, confrontées non à l'hypothèse abstraite de leur décès, mais à la certitude d'une mort datée, laissent tomber les dénégations antérieures, dépouillent leur rhétorique iconoclaste et demandent, selon l'expression, les secours de la religion. Julie peut-elle faire partie de cette humanité qui, à distance, adopte le ton péremptoire, mais ne bombe plus le torse à l'approche du vrai danger? Laisser le doute envahir même ma connaissance la plus assurée de Julie, je ne sais si j'y parviendrai, mais je ferai l'effort. Loyalement devant Julie. Loyalement devant Maurice.

Plus que trois nuits à habiter seul le futur mouroir de Julie. Vers quels doutes me projettera son retour à mes côtés? Aurai-je un meilleur éclairage sur ce qui, peut-être, agite Julie sous son masque d'immobilité? Aurai-je une intuition moins aventureuse de l'absence ou du poids de la douleur? Assez pour ce soir. Mais je sens que mon subconscient va passer la nuit à s'aligner sur le conseil de Maurice.

Le samedi 10 février 2001

L'hiver teste vigoureusement mes résolutions ce matin. J'aurais aimé terminer la mise en ordre de l'appartement au plus tôt, mais j'ai dû substituer la pelle à l'aspirateur. Et je ne suis pas certain d'en avoir fini avec cette corvée. La neige neige à plein ciel et le vent reforme constamment les congères sur le perron et les marches. Comme un redoux est toujours possible, je ne veux pas risquer que la glace s'installe à l'entrée. Lundi est jour trop important. Justement, Marie-Christine m'offrait tout à l'heure d'être à l'appartement lundi pour accueillir Julie. Sur le coup, j'ai été tenté de refuser. Puis, j'ai hésité : j'ignore tout de la logistique qui entoure le travail des ambulanciers, à tel point que je ne sais pas si je ferai le trajet de l'hôpital à la maison en compagnie de Julie ou si je devrai revenir par mes propres moyens. Si l'ambulance quitte l'hôpital en me laissant là-bas, elle sera à la maison avant moi. Donc, j'ai accepté, mais du bout des lèvres.

Je ressens quand même une crispation. Comme si on me volait des moments irremplaçables : Julie et moi enfin ensemble dans notre intimité, mes premiers mots d'amour murmurés à l'oreille de mon beau gisant pendant que la musique réaffirme son emprise sur les lieux, mes débuts comme infirmier autonome... Ces instants privilégiés, devrai-je les partager au lieu de m'en repaître en amant et en solitaire ? Je songe, pour me calmer, à ces textes presque malsains où Sartre parle des regards sur le jardin. D'abord, le regard solitaire qui crée un lien unique entre le jardin et la personne. Puis, l'arrivée d'une autre personne qui, de son regard à elle, s'approprie le même jardin. Du coup, dit-il, la relation de la première personne avec le jardin s'en trouve modifiée. Comprendre «amoindrie». À ma première lecture, j'avais pensé que Sartre était décidément un triste sire si les autres ne constituaient toujours qu'un enfer. Moi, j'étais en amour et le regard de Julie, en s'ajoutant au mien, embellissait tout ce que je regardais. Et voilà que me blesse la perspective de partager avec Marie-Christine les joies du retour de Julie. Je me renvoie à mon propre verdict sur Sartre: suis-je un triste sire? De mon mieux, je porte sur mon comportement le regard qu'aurait Maurice. Regard serein, neutre, pénétrant. Il me concéderait la délectation exclusive de nos instants privilégiés, mais il me mettrait en garde: Julie vit sa vie, une mort différée. La couver en ferait déjà une défunte. Je vois des moments sans lendemain là où les après se présenteront peut-être en phalanges. J'ai rappelé Marie-Christine pour m'excuser de mon manque de gratitude et pour lui faire valoir qu'il y aurait beaucoup de monde lundi matin à la maison: le médecin, l'infirmière... Marie-Christine me rassura. Elle serait là pour ouvrir aux ambulanciers et quitterait les lieux dès l'instant où elle me verrait dans le décor. Cette fois, mes remerciements furent près de l'effusion sincère.

Tout en écrivant, j'écoute le Sibelius que je destine à Julie pour demain. Musique sombre? Non pas, mais face à face vertigineux de l'âme et de la nature. La forêt impénétrable, des cieux d'une infinie majesté, l'harmonie que propose l'immensité à la fragilité humaine. Se grandir en se reconnaissant précaire et fragile. Non pas se perdre dans plus grand que soi, mais aller à la rencontre de soi par la connivence avec plus paisible que soi. Je souhaite du moins que telle soit la contemplation offerte à Julie par l'ample présence de Sibelius. Dans deux jours, je saurai mieux, j'espère, quoi puiser dans les innombrables enregistrements qu'a accumulés Julie.

Le dimanche 11 février 2001

Toute la nuit, le déneigement a imposé son vacarme. Comment s'en plaindre quand, au matin, la circulation peut s'effectuer presque normalement? Je me moquerais de ces détails sans l'imminence de lundi. Cette nuit, j'ai revu dix fois plutôt qu'une les précautions dont je compte envelopper Julie. Rien à ajouter au prévu. L'attente.

J'ai passé moins de temps que d'habitude à l'hôpital. Je m'en absous en pensant à demain. Les heures soustraites à l'hôpital, je les ai consacrées à faire reculer le désordre de la maison. J'ai éprouvé un pincement à l'âme quand, l'aspirateur à la main, j'ai fait le tour de notre chambre et ouvert nos penderies. Les vêtements de Julie y étaient accrochés, élégants, colorés, odorants, intensément féminins. Jamais plus ils ne reprendront du service auprès de sa beauté. Les courbes que plusieurs conservent même sur les cintres ne seront plus jamais habitées, animées par le corps de Julie. Une vie en quelques étincelles vestimentaires. J'étais figé. Je suis d'ailleurs encore sous le choc. Étrange que je sois aussi secoué par la *vanitas vanitatum* d'une garde-robe désormais sans usage, plus secoué que par d'autres prémices de l'absence définitive. Est-ce pour cela que tant de cultures ont voulu que les sépultures contiennent des objets familiers, des vêtements, des parures? J'avais toujours pensé qu'on agissait ainsi pour éviter que le mort soit dépaysé en arrivant sur l'autre rive. Je me demande aujourd'hui si ce ne sont pas les vivants qui supprimaient ainsi des rappels trop douloureux. Chose certaine, j'ai vite refermé la porte de la penderie de Julie et j'ai évité les autres placards. Je pensais demander à Maryvonne de faire un tri parmi les produits de beauté de Julie, mais je ne sais plus. Attendre jusqu'à *après*? Pas plus gai. Pas nécessairement plus décent non plus. Futilités que ces doutes, mais les nier ne les abolirait pas.

Combien de temps cela va-t-il durer? Le verdict de Marie-Estelle me plonge dans l'ambivalence. Je voudrais des mois, des mois, des années, mais si le temps soutiré se paie en souffrance? J'imagine le déroulement des jours et des semaines et je le vois s'harmoniser avec le déclin de Julie. À mesure que l'hiver relâchera sa prise et que voudront percer pour leur renaissance les fleurs vivaces que Julie a plantées et entretenues, la maladie resserrera son étau. Au lieu de réjouir mes vieux membres, le printemps les fera trembler. Aura-t-il même le temps de venir?

Je bois mon rouge à pleins verres. Je ne parviens pas plus à quitter ce journal et mon ordinateur qu'à faire taire ma soif. Je devrais pourtant limiter les dégâts ce soir, car la journée de demain sera exigeante. Mais pourquoi ménager des forces dont je ne saurai que faire? De toute manière, comment dormir quand je suis aussi fébrile? Se ménager ne vaut la peine que si on peut s'offrir à quelqu'un, que si l'on attend quelque chose du temps.

Julie. Tu n'es pas encore près de moi, mais je te parle comme pendant toute ma vie. Comme je te parlerai pendant les jours ou les heures qui sépareront ta mort de la mienne. Je voudrais trouver les accents d'un Christian Bobin pour te dire que tu es, au sens le plus strict du terme, la vie de ma vie. Mon existence n'a été vivante que par toi. Je n'ai jamais compris, tu le sais, pourquoi tu m'aimes. Chaque fois que je te l'ai dit, tu as fait la pirouette : « Et toi, pourquoi m'aimes-tu ? C'est la même chose. » Non, ce n'est pas la même chose. Tu es la vie qui peut se donner à son gré ; j'étais désaccordé de la vie et je ne suis de ce monde que parce que tu m'as d'abord maintenu la tête au-dessus de l'eau, puis imposé de respirer. Non, Julie, ce n'est pas la même chose.

Le lundi 12 février 2001

Julie est là. J'écris à trois pas d'elle. Comme si cela allait de soi, comme s'il y avait là-dedans la moindre rationalité, je nous soumets tous deux à l'horaire qui était autrefois le nôtre. Pourtant, je ne sais pas quand elle dort, si elle veille silencieusement à l'intérieur de son enveloppe étique, si la musique ou la lumière l'apaise ou la heurte. Pardonne-moi si, dans mon souci d'emplir ta vie et de ressusciter en toi quelque chose d'une vitalité enfouie, je vais à l'encontre de tes rythmes nouveaux et si mon agitation trépigne face à ta placidité. Tu es là.

Journée hors du temps ou du moins rebelle à son emprise habituelle. Journée si lente, intense, prenante que chaque instant se détachait des autres, exigeait l'attention pour lui seul avant de céder le jet cru du réflecteur au moment suivant. Hiatus presque clinique entre les parcelles de temps. Un peu comme certains touristes rêvent de stocker en mémoire ou sur pellicule chaque découverte de leur périple.

Peur dès le lever d'avoir oublié quelque chose de vital. Regard inquiet vers le miroir pour y mesurer craintivement les traces d'une nuit de fouilles, d'écriture et de vin. Café qui secoue la carcasse et hausse le rythme cardiaque. Coup d'œil d'abord timide, puis modestement fier sur la propreté des lieux. Oui, le lit de manivelles et d'acier est au garde-à-vous, inhumainement prêt à remplir sa mission. La première gorgée d'air, je la respire encore, m'interrogeait : est-ce trop froid pour le transport d'une malade? Seule ma randonnée en taxi jusqu'à l'hôpital échappe à ma segmentation du temps. Le chauffeur se résigna vite à ce qu'un homme agité qui se fait conduire à l'hôpital manque d'intérêt pour les nouvelles sportives ou pour le radotage sur la température. Un certain silence nous enveloppa, troué seulement par les messages codés que crachait sa radio comme des borborygmes. Je ne sais quel parcours nous avons adopté.

Le reste de la journée a découpé le temps en fragments séparés. Rien de fluide. La vie n'était plus ce fleuve qui coule et dans lequel le nageur se laisse porter par le courant. Elle se décomposait en images isolées et saisies une à une par la moviola. Julie, les yeux largement ouverts, toilettée de frais, ressemblait, agitation en moins, à une fillette au matin de sa première communion. Blanche comme une belle revenante – ce qu'elle est pour moi! –, à l'écoute de ce que son âme ressent en un si grand jour. Je l'embrassai avec plus de dévotion que de passion, mais je gardais mes lèvres près de son oreille, quêtant une pression de ses doigts sur les miens.

« C'est aujourd'hui qu'on rentre, chérie. »

Comme chacun des autres instants, celui de son silence en réponse à mon appel s'est inscrit en moi. Il m'est cruel, mais sans me causer la blessure de l'inattendu, sans que j'aie à m'inquiéter d'une émergence simultanée de la conscience et de la douleur. Je continuai à lui parler de ce qui nous attendait, mais les mots étaient, ce matin, plus lourds d'amour, plus empreints de solennité : nous partions ensemble vers notre ultime destination. Julie savait à quoi s'en tenir. L'inévitable faisait partie de son univers et Julie n'est pas de ces malades qu'on trompe; il nous restait à vivre dans notre cocon la dernière phase de notre amour.

Nous n'attendions plus que les brancardiers. Marie-Estelle, fidèle à sa promesse, avait examiné Julie la veille au soir et autorisé le retour. Elle me faisait dire qu'elle attendait un appel de ma part en fin d'après-midi. La suite morcelée des événements est gravée elle aussi dans ma mémoire. L'arrivée des deux gaillards chargés du transport de Julie. Leur calme rassurant. Leur souci de préparer la civière pour que la jambe plâtrée soit soutenue par-dessous. Gentiment, ils m'offrirent de monter à bord de l'ambulance en compagnie de Julie. Le véhicule était chaud, fonctionnel, presque accueillant, et la main de Julie s'enfouit dans la mienne pendant tout le parcours. La seule entorse au silence survint à l'approche de la maison quand un brancardier se tourna vers moi. J'avais prévu la curiosité.

« Non, aucun escalier à monter à l'intérieur. Seulement six marches à l'extérieur. Pas de problème pour tourner. Et le lit est déjà en place. »

Marie-Christine apparut à la porte. Dès qu'elle me vit précéder les brancardiers, elle s'éclipsa vers le salon, prit son manteau, m'embrassa et disparut. Je n'eus que le temps d'un rapide merci. La suite s'atomise encore dans ma tête comme une succession de photographies. Julie minuscule au creux de ce lit autoritaire et sans chaleur, si amaigrie que son poids ne s'inscrit pas sur le matelas. Le vide règne autour du lit, tant j'ai mis de zèle à éloigner tout ce qui pouvait gêner le travail des brancardiers. De fait, ils n'ont mis qu'un instant, habiles et costauds, à transférer ma femme-enfant de la civière au lit. Mon premier geste fut d'embrasser tendrement Julie et de lui murmurer un mot d'amour et de bienvenue. Assis dans un fauteuil tout près du lit, penché vers elle, sa main sommeillant dans la mienne, je retrouvais enfin Julie. Je me sentis à la fois heureux et inquiet, content de notre isolement et que trop conscient de mes responsabilités. Il fallut que je me rappelle que, tout à l'heure, Maryvonne se pointerait pour que reculent mes craintes. Sa visite, de fait, me calma. Elle inspecta mes achats, les jugea adéquats, suggéra une ou deux additions, m'invita à faire manger et boire Julie, vérifia son pouls et sa pression. J'enregistrai chacun de ses gestes dans ma mémoire, les comparant avec ceux que je savais poser ou les apprenant docilement.

Ce soir, je subis le ressac. Je me suis astreint à répandre des odeurs de cuisson, comme si Julie, à son habitude, m'avait prescrit de manger chaud. L'appétit faisait défaut. Je me retrouve devant l'ordinateur, pourvu en vin rouge, à veiller silencieusement sur le sommeil de Julie. Je me fais un devoir de me conformer au conseil de Maurice. J'essaie d'imaginer que Julie, un de ces jours, retrouvera sa conscience, que sa main renseignera la mienne, que son âme me dira qu'elle ne souffre pas ou pas trop, qu'elle accepte de laisser la vie quitter lentement son corps, que je n'ai pas à brusquer les choses. Nous assisterions tous deux, moi en direct, elle grâce à mes sens et à mes comptes rendus, à l'éclosion du printemps. Je lui transmettrais le salut des jonquilles toujours pressées, des pensées multicolores qui écartent la neige pour redresser la tête plus vite, et Julie, sans mot dire, se rappellerait en quelle circonstance et quelle année elle a enfoui les bulbes ou procédé à telle transplantation. Ses plates-bandes, qu'elle désherbait à quatre pattes, envahiraient sa mémoire, encore belles, toujours entretenues. Et l'été viendrait, à pas chaleureux et lents, pour ne pas épuiser trop vite le petit capital de temps dont jouirait encore Julie. D'un soir à l'autre, l'échéance s'approcherait et mon amour et mon désespoir ne parviendraient ni à bloquer la marche du temps ni à ralentir la sape des métastases.

Le conseil de Maurice me déportait vers l'optimisme et la clarté. Julie pouvait s'exprimer et je n'avais plus à traverser seul et à tâtons un terrain truffé d'incertitudes. Julie me tirait du noir et je n'avais plus qu'à mettre mon amour au service de ses volontés. Mon suicide, maintenant promis à une réalisation prochaine, ne provoquait plus les mêmes impatiences. Loyalement, j'empêche ce soir mon pendule de repartir vers l'autre extrême. J'ai promis à Maurice et plus encore à ma cohérence d'accorder son droit de parole à l'optimisme et je vais le faire.

Le mardi 13 février 2001

Dire qu'une routine s'est déjà installée dans notre couple reconstitué serait excessif. Néanmoins, il y a de cela. J'ai dormi, assez mal d'ailleurs, sur le lit d'appoint que j'ai installé contre celui de Julie. Je ne suis pas au même niveau qu'elle et je ne puis l'apercevoir qu'en me redressant. À chaque manifestation de ma prostate, à chacune des éclipses de mon sommeil, je me suis assis, épiant la respiration de Julie, inquiet si je ne la détectais pas immédiatement. Puis, j'essayais de me rendormir. Au matin, j'étais rompu. La routine est intervenue pour nous soutenir. Selon notre tradition, j'embrassai Julie en lui souhaitant une bonne journée. L'odeur du café se répandit pendant que je prenais ma douche. Haendel dansa avec sa *Water Music* à la rencontre du superbe ensoleillement. Un jour commençait, dont le modèle emporterait les suivants. Maryvonne, à qui j'avais remis une clé de la maison pour éviter le bruit de la sonnerie et pour lui permettre d'entrer en toutes circonstances, me surprit au moment où j'achevais la toilette de Julie. Je profitai de sa présence pour effectuer quelques courses, en commençant par l'onguent destiné à contrer les inévitables plaies de lit. Puis, je fus de nouveau seul avec Julie.

J'ai tenté cet après-midi, avec plus d'attention que jamais, d'entendre et de choisir la musique avec l'oreille et le cœur de Julie. Les enregistrements avaient toujours traîné partout dans la maison, au hasard des acquisitions, de l'heure de l'écoute ou des notes que Julie lisait sur les pochettes ou les boîtiers. Les biographies de musiciens, compositeurs et interprètes étaient légion et Julie m'en avait souvent raconté la trame. Je l'avais écoutée, mais, à ma honte rétroactive, distraitement, me tranquillisant la conscience par la pensée que Julie serait toujours là en cas de besoin pour m'initier à nouveau. La musique avait été pour moi une révélation tardive, un univers jamais apprivoisé, alors que Julie ne conçoit pas la vie sans elle. Avec le temps, j'ai fini par établir quelques modestes têtes de pont dans le cosmos musical, mais je n'ai jamais vaincu mes réticences à propos des musiques expérimentales ou par trop révolutionnaires. Ma conception de l'harmonie est simpliste, courte, j'allais dire figurative, et elle se passe allègrement des dodécaphonies ainsi que des Garant, des Champagne ou autres Boulez. Julie a vite cessé de me traîner à des concerts aux décibels erratiques et elle a gentiment synchronisé mes absences et ses écoutes avant-gardistes. Elle ne renonçait pourtant pas à me civiliser. Périodiquement, elle me faisait entendre un extrait, une courte plage, et vérifiait si mon seuil de tolérance avait évolué et acceptait la découverte d'un nouveau son.

Je suis donc dépourvu aujourd'hui pour choisir ce dont elle rêve silencieusement et que je ne connais pas. Bien sûr, certaines affections sont patentes et leurs ondes m'ont trop souvent enveloppé pour que j'ignore l'attrait qu'elles exerçaient sur Julie, mais je ne saurais faire, autant que je le voudrais maintenant, l'ajustement raffiné d'une pièce musicale avec une heure fauve ou la joie d'un moment. Cet après-midi, j'ai joué d'audace en puisant dans Boulez. En reconnaissant les virages éclectiques, Julie, forcément, au fond de sa prison, devait sourire. «Tiens, a-t-elle dû se dire, Jean-Philippe a décidé de me faire plaisir!» Et c'est vrai. Elle aimerait dire merci, ne le peut pas, mais elle sait que je suis fier. Communication par les sens et sans eux.

C'est dans ce climat que j'ai repris, mais de façon systématique cette fois, la lecture de mes carnets personnels. Je l'éclairerai par le journal que je verse quotidiennement dans l'ordinateur depuis mes premiers balbutiements en informatique. Quand j'énumère les instruments auxquels je puis recourir pour reconstituer une réflexion, une conversation, un sentiment, je me scandalise moi-même du nombrilisme que cela révèle. Est-il plus vaine vanité que celle qui conduit à noter ses moindres pensées? À leur attribuer ce faisant une valeur bien ostentatoire? Et quand, parallèle au journal, l'agenda est là avec ses notes prises au vol, de quel insondable démesure faudrait-il parler? Quel paradoxe que celui d'un homme qui entend couper le fil de l'existence dès l'*exeat* de son épouse et qui, pourtant, promène le scalpel de l'analyse sur la moindre parcelle de sa vie! Je me savais rongé par l'introspection, mais la simple contemplation des centaines de pages rédigées chaque année sur rien de plus intéressant que mes états d'âme me sidère.

J'ai tôt fait de m'offrir, comme un pendule nerveux, la contrepartie. Quand, avec Julie, nous visitions les musées, quand nous regardions, dans les vitrines installées au centre des pièces encerclées de cimaises, les carnets personnels de Turner, de Signac, de Giacometti, notre réaction commune était toujours la même: la recherche de ces maîtres ne connaît jamais de relâche. En tous lieux, ils traînaient le carnet, l'ouvraient dès qu'un objet, un sourire, un frissonnement de l'eau éveillait leur œil, griffonnaient le squelette, l'armature d'un éventuel tableau. Que Giacometti puisse, en plus, tenir l'équivalent d'un journal, y jeter avec une constante assurance des certitudes quotidiennement variables et se faire à lui-même la leçon, voilà qui nous frappait. À la table d'un café, il observait les silhouettes de femmes traversant la rue, son regard les réduisait aux dimensions de gnomes et il les dessinait pour un temps, ses notes et ses dessins en témoignent, comme leurs propres miniatures. Puis, peu de jours ou plusieurs mois plus tard, le regard changeait et Giacometti privilégiait autre chose : la tête, puis un segment du nez, puis l'arc de l'œil, et le monde entier se résumait à cela. Recherche constante, remise en question entêtée, mobilisation du pinceau, de la gouge, de l'écriture, offensive acharnée et multiforme pour recréer ce qu'un seul regard avait vu. Julie et moi sortions de ces leçons d'acharnement déterminés à nous investir davantage encore, elle dans la musique, moi dans l'écriture. Et si l'existence, dans mon cas, était destinée à tourner court, je devais la presser plus fermement encore de tout me dire. Ce recours constant, peut-être morbide, au verre grossissant caractérise mes romans. Mes histoires ne racontent pas de noirs complots, mais la marche hésitante et pourtant déterminée de personnes vers leur identité. Mes récits sont faits de doutes, d'insécurité, d'introspection, et appartiendraient davantage, si j'ose dire, à l'univers de Mauriac ou au Donissan de Bernanos qu'aux flamboyants *agissants* du roman moderne. Ils se sont peu vendus, mais je ne les enfantais pas pour me faire vivre ou me perpétuer. Pour me trouver.

La vie – que sont rares les termes que l'on pourrait utiliser au lieu de celui-là! – veut que j'aie aujourd'hui à me servir ma propre médecine. La rigueur que j'ai exigée de mes héros, je dois, en remontant le cours des mois les plus récents, me plier à ses règles, tant m'y soumettre que puisse émerger un récit fidèle de ce qu'a dit Julie, de ce que m'imposait le message au moment même où il m'était lancé. Et je dois, conformément à ce que suggérait Maurice, soumettre ce récit à diverses interprétations, à différents prismes de lecture.

La présence de Julie donne son sens à ce qui ne serait, sans elle, que nombrilisme.

Le mercredi 14 février 2001

Si j'ai déposé ce matin dans la chambre un bouquet de roses rouges, ce n'est pas pour complaire à saint Valentin, mais pour que leur odeur s'insinue jusqu'à l'âme de ma bien-aimée, qu'elle lui soit un parfum dérobé à un autre temps et chargé d'anciens bonheurs. Que n'ai-je goûté plus tôt la vigilance des sens et leur discrète contribution à l'inspiration et à l'émergence des idées? Cartésien, je lisais Proust à la manière d'un mauvais psychanalyste et je réduisais les sens à un rôle d'antennes prévisibles et presque mécaniques. Je regarde Julie et j'aimerais que le parfum des fleurs qu'elle cultivait avec une sorte de complicité se gonfle en elle et plaide pour moi.

J'ai retrouvé en fin d'avant-midi des notes griffonnées à chaud dans mon carnet au retour d'une rencontre qui nous avait réunis tous les six chez Bérangère et Maurice. L'écriture est celle d'un homme qui a trop bu et dont le stylo traite les lignes et les marges comme d'agaçantes contraintes. «23 septembre 2000. Pourquoi oui à Latimer et doute sur la jeune Québécoise qui veut la paix? Toujours la loi: contre Sue Rodriguez, contre Latimer, contre Kevorkian. Toujours la vie comme l'absolu des absolus.» Rien qui me dise comment les opinions se sont partagées ni quelle fut la contribution de Julie. Je note quand même la date pour me reporter à mon journal du lendemain ou des jours suivants. Je n'ai certainement pas raté l'occasion d'un commentaire sur ce thème.

Cet après-midi, comme si nous parvenions à un plateau plus calme, j'ai lu près de Julie. Grandes difficultés de concentration au départ, puis l'intrigue m'a emporté. J'ai été surpris du rapide passage du temps. Pour un peu, je me serais senti coupable d'avoir négligé Julie pendant une heure ou davantage. Mozart succédait à Mozart – «le silence qui suit la musique de Mozart est encore du Mozart» – et je ne crois pas que Julie ait ouvert les yeux une seule fois.

Ce soir, comme pour me prouver que j'ai atteint et peut-être dépassé mes limites, je subis le contrecoup de ces semaines de tension extrême. Mes vieux os protestent contre des exigences pourtant minimales et ma pauvre tête subit des passages à vide, comme si, en quête d'accalmie, le cœur se donnait congé de pression sanguine. Je suis vide d'énergie. «Qui veut faire l'ange fait la bête», disait Pascal, qui devait observer un humain semblable à moi. Je dois à Julie de ne pas tomber moi-même en panne avant que... À force de respecter le conseil de Maurice, je désapprends à nommer les choses, j'oublie de me garder l'inévitable en mémoire.

Je vais parler un peu avec Julie avant de me mettre moi-même au lit. Je n'en peux plus.

Le jeudi 15 février 2001

La dernière nuit ne m'a gratifié d'aucune revigoration. J'ai d'abord dormi profondément pendant deux heures, puis je me suis levé pour l'une de mes visites rituelles à la toilette. À mon retour dans la chambre, quelque chose avait changé dans la respiration de Julie. J'ai passé sur son front une main que je chargeais d'apaisement. J'ai attendu. Rien. Je me suis recouché, mais le sommeil n'osait plus m'extraire de ma veille.

À l'arrivée de Maryvonne ce matin, j'étais si visiblement désemparé qu'elle m'a invité à prendre du repos. J'ai décliné l'offre. J'ai pensé qu'en allant faire mes petites emplettes habituelles je serais revigoré par le pincement du froid. Au retour, j'étais plus réveillé, mais guère plus vaillant. À son tour, Maryvonne arborait un air différent. Un peu soucieux. Quand j'évoquai ce que j'avais cru percevoir au cours de la nuit, elle m'avoua son propre saisissement : pendant un instant, la respiration de Julie avait modifié son rythme. Elle n'avait pourtant noté aucun changement dans le pouls ou la pression.

« Comme si elle faisait effort. Voulez-vous que j'en parle à la docteure Bouchard ? »

Je me réservai la démarche, mais j'adoucis ce que mon refus pouvait avoir eu de rugueux.

« Si elle a des questions techniques, je vais lui demander de communiquer avec vous. »

J'ai alors laissé un message au bureau de Marie-Estelle. Quand elle arriva en fin d'après-midi, la pièce baignait dans une de ces musiques sidérales qu'affectionne Julie et que nous n'écoutions jamais ensemble. Elle sourit :

« Vous aimez ça ?

— Non, mais elle, oui.

— Donc, elle comprend que vous voulez lui faire plaisir ? »

Je ne répondis pas ; cela allait de soi. Le même sourire revint quand Marie-Estelle entra dans la chambre.

« Ses odeurs préférées ? »

J'acquiesçai encore, toujours silencieux. Elle s'était approchée du lit et avait pris le poignet de Julie. Du regard, elle m'invita à vider mon sac. J'ai hésité un instant, puis je me repris : Julie avait le droit de savoir. Marie-Estelle écoutait, tout en vaquant à ses examens.

« Il y a une belle bataille à l'intérieur de votre tête », dit-elle enfin à Julie en effleurant sa tempe.

Elle compléta sa pensée en se tournant vers moi.

« La conscience essaie d'émerger, mais la douleur guette et s'intensifie dès que la lucidité se précise. »

Elle prit dans sa main la main de Julie et je vis qu'elle la serrait un peu plus fermement.

« Dites à vos doigts de me parler. »

Elle attendit sans que je détecte le moindre signal. Peut-être, cependant, pouvait-elle lire des messages qui auraient échappé à ma main de profane.

« J'aurais aimé savoir ce que vous voulez, dit-elle à Julie. Je peux amortir la douleur, mais c'est un choix. Un choix qui a son coût. C'est à vous de décider ou – elle renouvela le sourire qu'elle m'avait déjà offert à deux reprises – à quelqu'un qui vous aime. »

Elle me renvoyait à mes inquiétudes. J'avais rejeté d'autres professionnels précisément parce qu'ils se substituaient à la volonté de Julie et voilà que Marie-

Estelle sacrifiait presque cruellement à mes valeurs. J'étais perdu et je le suis encore. Je pense avoir raison d'implorer un sursis. Encore un jour, peut-être deux. Un peu de temps pour que Maryvonne et moi puissions confirmer nos impressions et, au contraire, les oublier. On verra ensuite.

« C'est probablement le plus sage, dit Marie-Estelle de façon très neutre. Je vais parler à votre infirmière pour qu'elle prenne les précautions nécessaires.

— Y a-t-il des médicaments que vous voudriez prescrire? Je pourrais les garder à la disposition de Maryvonne.

— Je le ferai si vous le jugez nécessaire. Je vais m'assurer que Maryvonne a de quoi suivre votre choix. »

Elle réitéra ses recommandations à Julie. Elle me fit chaud au cœur en vantant à Julie la délicatesse de son mari, référa à la musique, lui décrivit le rouge profond des roses.

« Demandez à vos doigts de lui parler. Il m'expliquera. »

J'avais gagné sa confiance. Que Marie-Estelle m'autorise à jouer l'interface entre elle et Julie prouvait qu'elle me savait docile à l'esprit de Julie. Je l'aidai à mettre son manteau. En approchant de la porte, elle me demanda à voix confidentielle comment Julie réagissait à la douleur.

« Elle n'a jamais été une plaignarde. Même pas assez pour me dire ce qu'elle endurait pendant certaines périodes de menstruation. Il a fallu qu'elles cessent pour que je sache.

— Vous a-t-elle parlé de maux de tête récemment?

— Rien de particulier. Une migraine occasionnelle dont elle se débarrassait avec deux Tylenol. Mais je n'ai peut-être pas été assez attentif.

— L'essentiel, c'est que vous l'êtes devenu! »

Elle avait tort. L'essentiel sera que je recrée le ton,

le regard qu'a utilisés Julie à l'automne. Attentif aujourd'hui, je le suis, avec nervosité et sans répit. Mais ce qui est requis, c'est l'attention de l'archéologue, celle qui permet à l'œil d'exhumer et d'interpréter la réalité d'hier.

« D'après vous, la tumeur la faisait-elle souffrir dès le mois d'octobre ou de novembre? Avant l'accident?

— J'en ai peur. Ce fut peut-être très douloureux. Je suis d'accord avec vous, elle n'est certainement pas plaignarde. J'imagine que vous la trouvez amaigrie? »

J'ai eu peine à répondre.

« Terriblement. Je n'ai plus de muscles, mais je peux la soulever pendant que Maryvonne change les draps. Elle a fondu.

— Ce sera difficile de la remplumer, fit Marie-Estelle. Mais son ossature est en excellent état et le cœur est résistant. Je vais parler à Maryvonne. Continuez à lui parler et à solliciter ses doigts. Vous auriez moins de responsabilités. Et moins de tortures mentales. »

Ce résumé vaut mieux que le précédent. Il est juste, peut-être même sadiquement juste. Dois-je me réjouir de ce que Julie puisse résister, que son cœur prolonge l'agonie? En dépit de la douleur? Mes tortures ne cesseront certes pas si Julie demeure prisonnière de son isolement et si je n'entends que son silence. Tout bascule. De nouveau, je redoute la montée de la douleur dans la chair muette de mon beau gisant. Pire encore, Marie-Estelle le craint aussi.

J'ai téléphoné en deux temps à nos amis communs. J'ai parlé à Marie-Christine, à Bérangère et à Jean-Luc. Maurice était absent et rappellera. Tous savent désormais qu'ils peuvent téléphoner sans déranger Julie, car je ne laisse retentir que l'appareil le plus éloigné de son lit. Je poursuis ensuite la conversation à partir de la chambre où elle repose. Au risque, bien pesé et auquel je consens, de devoir répondre devant Julie aux questions les plus délicates. J'aimerais me convaincre que j'ai effectué ces appels à seule fin de maintenir nos intimes dans la confidence, mais cela ne les explique qu'en partie. Je souhaitais également gérer à la baisse leur désir de rendre visite à Julie. Laisser Julie en compagnie d'un de nos amis pendant que je sors m'aérer les idées ou effectuer une course, cela me réjouit. En revanche, j'éprouve un malaise quand Julie et moi, elle silencieuse, moi répondant aux questions en des termes qui ne correspondent peut-être pas du tout à ce qu'elle dirait, sommes en présence d'autres personnes. Elle est alors là sans y être vraiment. Je lui dérobe sa parole comme je ne veux pas le faire. Le vieux casanier que j'ai toujours été devient encore plus sauvage, l'amant et le solitaire resserrent leur complicité.

Sauf Maurice – et encore! –, je ne crois pas que nos amis soient conscients que, de toute manière, nous vivons le crépuscule de notre amitié. Julie partie, mon suicide pourra s'accomplir. Je songe même à situer ma mort dans les heures qui suivront celle de Julie.

Je n'ai pas parlé à Maurice aujourd'hui. Son scénario optimiste a été mis en pièces avant même de prendre racine dans mon âme et je devrai le lui avouer.

Julie, je t'aime. Ton silence me terrifie, car il me prive de balises. Je vais essayer de lire un peu à ton chevet, mais je vais surtout m'approcher de toi, t'épier de toute ma tendresse, au cas où tes doigts consentiraient à me parler. Que ta nuit soit adoucie par mes écoutes passionnées.

Le vendredi 16 février 2001

Nuit fréquemment interrompue. Pour les pires motifs. Le rouge de la soirée m'a déshydraté et je profite de chaque station debout pour ingurgiter un ou deux verres d'eau, ce qui garantit un autre réveil à brève échéance. Moyen comme un autre de me tirer périodiquement du sommeil et de me remettre à l'écoute de Julie. Au matin, dans la clarté blafarde du demi-jour, la respiration de Julie a eu, comme la veille, un temps d'hésitation. L'expression utilisée par Maryvonne était juste : « Comme si elle faisait effort. » Le temps d'enregistrer le phénomène, il s'était évanoui. J'ai longuement murmuré des mots d'amour à l'oreille de Julie, priant ses doigts de me parler. Désirait-elle qu'on engourdisse sa douleur ? C'est plutôt de son visage qu'est venu, fugitif à l'extrême lui aussi, un signal frémissant. Les yeux s'ouvrirent, mais une infime crispation des paupières troubla aussitôt le regard, comme un éclair au parcours timide. Les yeux allaient-ils s'allumer enfin, comme on me l'avait fait espérer ? Je n'eus pas le loisir de le désirer : les yeux se refermèrent sur leur secret. Je restai là, encerclant à deux doigts le minuscule poignet de Julie, anéanti par mon impuissance à deviner les pensées qui roulaient en elle. Le jour imposa lentement sa lumière et sa brutale lecture des décors. J'allai prendre ma douche, après avoir déclenché les crachottements de la cafetière. L'idée m'effleura de maudire mon imprudence et de ramener Julie entre de meilleures mains que les miennes. Le café me secoua et me redressa l'épine dorsale. Aucun hôpital ne s'inquiétera plus que moi des souhaits de Julie. Et ce n'est surtout pas à l'hôpital qu'on laissera ses vœux vagabonder hors des ornières. La ramener dans le rassurant giron du système, ce serait renoncer à l'entendre, renoncer à reconstituer son ultimatum de l'automne.

Je retournai auprès de Julie. En promenant l'éponge tendre et gênée sur son visage, ses épaules, ses flancs, ses seins, ses fesses, je cherchais vainement la chair de mon amante. Julie avait fondu. Ses os modifiaient tristement ses reliefs. Sa peau n'était plus gonflée de l'intérieur par la poussée de la vie. Sentait-elle sous les hésitations de ma main le chagrin qui marque la dernière toilette d'une jeune morte? Tentait-elle, gênée de son flétrissement, d'échapper à mon regard et de me renvoyer aux scintillantes vibrations de sa vitalité enfuie? Je protestais à haute voix au cas où Julie aurait glissé vers de telles pensées. Oui, elle était toujours la femme de ma vie, la seule dont je me suis avoué avec ferveur: «Je l'ai dans la peau.» Car, oui, sa peau m'émouvait comme à son premier don. L'infirmier débordait irrévérencieusement son rôle. Quand arriva Maryvonne, il ne restait qu'à soigner les toujours renaissantes plaies de lit, à changer les draps et à procéder aux diverses observations techniques. Je guettais l'occasion de faire le point avec Maryvonne. D'une phrase et d'un sourire, elle me mit hors d'équilibre.

«Vous commencez à avoir la réputation d'un homme en amour.»

Je n'avais pas à parodier l'homme étonné.

«Évelyne me l'avait dit. Une infirmière de son service m'a dit la même chose. Et maintenant la docteure Bouchard.»

Je ne cherchais que le bonheur de Julie? Et alors? J'aurais cru cela banal, il semblait que non. Pourquoi en faire un plat? Le verdict me réjouissait, toutefois, car ces femmes, faute d'une communication directe avec Julie, m'acceptaient comme voix de ma silencieuse. Je n'eus de vanité qu'une seconde. Le message de Maryvonne, confirmant celui de Marie-Estelle la veille, m'enfermait dans ma terrible solitude d'interprète et de décideur. Plus les autres me réitéraient leur confiance, plus mon destin s'appesantissait. Et plus j'avais peur. Cela ferma le chapitre de l'homme en amour. Je racontai à Maryvonne ce que j'avais vu ou cru voir ce matin.

« Ça coïncide avec ce que la docteure m'a dit hier soir. Votre femme essaie de sortir de son sommeil, mais son système l'avertit qu'elle va souffrir si elle réussit.

— Souffrir de quoi? Des suites de l'accident ou de son cancer?

— D'après la docteure Bouchard, c'est surtout le cancer. Il était déjà virulent avant l'accident et il profite de la faiblesse de votre femme. »

Je n'avais pas à formuler de question: si Julie émergeait, ce serait, de toute manière, avec un cerveau hypothéqué. En étais-je à lancer des appels à une conscience non pas endormie, mais affaissée et peut-être disparue? Julie avait-elle déjà quitté son enveloppe? Maryvonne, sans doute informée par Marie-Estelle, lut dans ma pensée.

« La docteure Bouchard fait confiance à votre intuition et elle s'attend à ce que j'en fasse autant. Elle peut intervenir si vous voulez qu'on amortisse la douleur, mais elle aimerait qu'on s'en parle, vous et moi. J'ai ce qu'il faut dans ma valise en cas de besoin. »

De nouveau, comme avec Marie-Estelle, un peu lâchement, je me suis octroyé un sursis. Maryvonne et moi avions fait le point. J'irais faire mes emplettes pendant qu'elle veillerait sur Julie. J'étouffais. Maryvonne marqua mon départ d'un long silence.

Le grand air ne me valut pas d'illumination géniale. La surveillance de Julie n'apprit pas grand-chose non plus à Maryvonne. Le pire, c'est que je ne savais plus si je pouvais ni si je devais continuer à penser à haute voix en présence de Julie. Ce que nous soupesions, c'était, pour peu que les mots aient un sens, l'hypothèse d'endormir et de bâillonner sa pensée. Et n'était-ce pas torturer atrocement une pensée libre que d'évoquer devant elle la possibilité de l'engourdir et d'éteindre la flamme? N'était-ce pas terroriser Julie? Devais-je, envers et contre tout, misant contre les risques de la douleur, parier et parier sur sa silencieuse lucidité? Je ne savais plus.

Maryvonne me sentit ébranlé. Elle avait pourtant encore quelque chose à ajouter. Elle m'avait suivi dans la cuisine pour m'en parler loin de Julie.

« Ça me fait de la peine de vous dire cela. J'en ai parlé à la docteure Bouchard et elle m'a dit de mettre les cartes sur la table. On ne sait même pas si le médicament antidouleur agit jusqu'au fond, mais une fois qu'on a commencé il n'y a presque plus moyen d'arrêter.

— Ça abrutit la personne? Le médicament ne chasse peut-être pas toute douleur, mais il élimine la possibilité d'un retour de la conscience? C'est à peu près cela? »

Elle acquiesça. Je fus tenté de me juger pusillanime. Les gens du métier affrontaient quotidiennement et sans état d'âme des dilemmes comme celui-là et optaient à chaque heure pour tel risque ou pour son contraire. Je retournai auprès de Julie et Maryvonne me suivit lentement.

« Je voudrais laisser encore du temps à Julie. Peut-être jusqu'à demain. Peut-être un ou deux jours de plus. »

Si Maryvonne fut surprise du risque, celui de la souffrance, que je faisais ainsi courir à Julie, elle le tut.

Elle veillerait, ce qui était peut-être sa façon de s'insurger contre ce sursis, à apporter en plus grande quantité l'analgésique indiqué. Au cas où, j'imagine, de nouvelles crispations de Julie abattraient subitement mes réticences. Je ne sais pourquoi, je la sentis sur le point d'oser une remarque. Je l'invitai à parler. Elle s'éloigna silencieusement du lit de Julie, ramassa son matériel, referma sa petite valise. Ce n'est qu'au moment où elle endossait son manteau, à bonne distance de Julie, qu'elle livra à voix basse le fond de sa pensée.

« Ne la faites pas souffrir pour rien. »

Son regard feutra un peu, mais bien peu, le côté dévastateur du conseil. Et elle s'en fut. Ce « pour rien » me hante depuis. Il achève d'invalider le scénario optimiste. J'essaie d'en mesurer la portée. Je suis frappé, blessé même, par le fossé entre l'attitude enjouée et admirative de Maryvonne à son arrivée et le mutisme chagriné de son départ. Seul élément qui puisse expliquer ce changement : le sursis que je me suis accordé. Le verdict de Maryvonne me trouble d'autant plus qu'il doit sûrement beaucoup à celui de Marie-Estelle. Lentement, une certitude ou ce qui y confine se dessine dans mon esprit : le sommeil comateux de Julie n'est plus ce qu'il était et les deux femmes révisent leurs prévisions. Fidèles à leurs principes, elles me laissent, à titre d'interface entre Julie et elles, élaborer mes propres perceptions, mais elles ont de plus en plus de difficultés à ne pas exprimer leurs réserves. Marie-Estelle offre d'anesthésier la douleur et Maryvonne emboîte le pas en ajoutant l'ombre d'un chantage.

Ce qui alourdit encore ma réflexion ce soir, ce sont les extraits de journal que j'ai fini par retrouver et dont je me suis fait une copie papier. Sous réserve de ce que d'ultimes lectures peuvent encore exhumer, ils condensent ce que je peux retracer de la pensée de Julie.

Le samedi 28 octobre 2000

*Les amis viennent de partir et Julie termine ses prépa-
ratifs du soir. Nous avons déblayé la table, gavé le lave-vais-
selle qui en a jusqu'aux dents. Comme un enfant honteux,
j'ai discrètement apporté près de l'ordinateur la bouteille de
rouge que nous venions d'entamer. J'écris et je bois. Dans
un instant, Julie viendra me dire bonsoir. Après ce qu'elle
m'a dit, elle comprendra, car elle connaît depuis longtemps
mes lenteurs d'assimilation: je dois absorber, vraiment absorber notre conversation, et elle n'insistera pas pour que je
la suive au lit tout de suite.*

*De fait, Julie est venue. Elle a pris mon visage dans ses
mains, m'a vrillé un regard pesant dans les yeux, m'a em-
brassé. «Je n'ai que toi», m'a-t-elle dit. «Ne te couche pas
trop tard», a-t-elle ajouté en s'éclipsant.*

*La mort est encore à l'ordre du jour de ce journal. Le
sujet a surgi une fois de plus dès le repas. Il a maintenu son
emprise sur nous longtemps après que nous eûmes terminé
le solide. Comme d'habitude, chacune et chacun puisait
dans l'actualité ou dans les statistiques de quoi étayer son
plaidoyer. Le suicide augmentait. Dans d'autres pays, il
frappait les personnes âgées plus que les jeunes garçons et
l'on trouvait la chose normale. Il arrive sans doute souvent,
a dit Jean-Luc, que le suicide n'a pas lieu tout simplement
parce que la personne n'a plus l'autonomie physique nécessaire. Sinon, la statistique du suicide se gonflerait bien au-
delà de son volume actuel. La surenchère m'a alors paru*

nous emporter. C'était à qui réclamerait avec le plus de feu d'être mis à mort en cas de dégénérescence marquée et douloureuse. Personne, sauf peut-être Maurice, ne semblait comprendre qu'on ne peut attendre des autres le geste dont on s'est abstenu soi-même et dont on n'a pas exprimé clairement le désir. Julie, ma vibrante Julie, fut la plus véhémente dans ce débat. Elle n'avait pu, parce qu'elle assumait la responsabilité principale du service, se mêler à toutes les étapes du débat, mais elle compensa vigoureusement à la fin! J'étais fier de sa brûlante ferveur et de l'efficacité de son plaidoyer. Certes, Julie veilla à ce que ses propos ne blessent pas des amis très chers qui, tous et toutes, ont quinze ans de plus qu'elle et qui déjà subissent « des ans l'irréparable outrage », mais elle légitima de toute son âme l'éventuelle interruption d'une vie réduite à la passivité, à la dépendance, aux fonctions végétatives. Venant d'elle, si jeune par rapport à moi et plus encore par rapport aux autres, si maîtresse de son corps et si débordante de vie, cet éloge de la mort anticipée avait quelque chose de fascinant et d'irréel.

J'ai dit cela tout à l'heure à Julie après le départ des amis. Elle a d'abord répliqué qu'elle avait toujours défendu la même thèse. J'en convenais. Quand j'ai précisé que j'étais quand même surpris de la passion qu'elle avait mise à la défendre, cette fois plus que les autres, Julie a souri. « Peut-être que j'y crois encore plus qu'avant! » Je la connais assez pour flairer la pirouette. J'ai enfourché alors un de mes dadas, le point de vue que j'avais d'ailleurs défendu au cours du repas. « Si tu ne veux pas d'acharnement thérapeutique, écris-le dès maintenant. Qu'on le sache. » Julie me connaît et sait, elle aussi, identifier mes pirouettes : « Je ne parle pas d'acharnement thérapeutique et tu le sais bien. Je veux qu'on m'aide à mourir si je deviens un légume. » Je me suis rabattu sur mes positions familières. « Raison de plus, lui dis-je, pour l'écrire. » Julie a interrompu son opération nettoyage pour s'approcher et me regarder intensément : « L'important, c'est que toi tu le saches et tu le sais. C'est à toi que je demande cela. À personne d'autre. Je compte sur toi?» La solennité de ton tranchait dans ce décor et je n'y échappai pas. Julie insista d'ailleurs: «Je peux?» Je fis signe que oui, conscient que mon âge, ma mauvaise santé et mon propre projet de suicide me dispenseraient à jamais de tenir semblable promesse.

Je demeure pourtant troublé. J'ai écrit «solennité» et c'est bien ce que j'ai ressenti. Julie, qui évite le ton dramatique tant qu'elle peut, m'a arraché un engagement solennel à propos d'une hypothèse farfelue et qu'elle sait farfelue. Pourquoi?

À ce pourquoi, je puis maintenant répondre. Mon journal me restitue avec une netteté insoutenable le climat dans lequel Julie a formulé sa requête. J'avais noté l'incongruité du propos, mais la solennité de la conversation ne m'avait pas échappé. Je revis maintenant si intensément cette minute d'octobre dernier que je serais spirituellement malhonnête d'invoquer un quelconque décalage du calendrier pour en réduire la portée. La seule hypothèse qui tienne, en effet, la seule qui explique la solennité du ton et la passion presque désespérée de Julie dans la défense de son point de vue devant les amis et devant moi, c'était qu'elle se savait irrémédiablement atteinte. Que je ne l'aie pas su à ce moment ne me délie pas de ma promesse.

Que le cliché veuille bien s'avérer et que, de grâce, la nuit porte conseil. J'en suis arrivé à une décision. Il me reste à la formuler.

Le samedi 17 février 2001

La nuit a dissipé mes derniers doutes. À plusieurs reprises pendant mes périodes de veille, Julie a été presque haletante. La veilleuse discrète ne dessinait pas de crispations nettes sur son visage, mais on eût dit qu'une onde de douleur courait sous sa peau, répandant un imperceptible tremblement. J'embrassais ses joues blanches, comme si elle attendait de moi que j'exorcise le mal, que je le fasse reculer à force d'amour. Je lui expliquai à mots mouillés ce que j'avais cru comprendre de ses volontés et je lui demandai pardon si, par malheur, je trahissais sa pensée.

Je ne me rendormis pas. Les deux ou trois heures d'où j'avais pu bannir le réel m'avaient plongé dans des cauchemars tels que je craignais de ne plus séparer leurs menaces des silencieux appels de Julie. J'allais entrer en veillée d'armes, à la manière de celui qui se préparait autrefois dans le silence et la méditation à hisser son existence à hauteur d'adoubement chevaleresque ou d'engagement monacal. Nous entamions notre nuit d'adieu. Demain, la médication viendrait emmurer Julie dans une impénétrable contrefaçon de la vie. Notre vie à deux touchait à son terme. Sous peine de lui imposer la douleur, une douleur jugée inutile par ses meilleures alliées, je devais consentir à ne plus espérer sa réponse.

Les heures passèrent au cours desquelles alternèrent les déclarations d'amour et les larmes, l'évocation de

nos plus beaux souvenirs et de nos chagrins les plus
déchirants, les «rappelle-toi» de nos connivences et les
«je n'avais pas compris» de mes plus vifs regrets. Je ne
sais s'il est vrai que l'ultime seconde de vie ramasse
l'existence en un fulgurant raccourci, mais j'ai vu cette
nuit défiler devant nous nos trente ans de fusion.
Jusqu'à l'aube j'ai imploré un signe. Julie, dont j'allais
faire un corps enfermé en lui-même, ne parvint même
pas à exprimer le dernier vœu du condamné. Le vent,
dehors, avait pris des accents étouffés, comme s'il
supportait mal lui aussi de ne pouvoir s'arracher à la
terre. Le jour hésita à venir troubler la dernière de nos
nuits d'amour.

Ce fut par la suite un enchaînement ininterrompu
de démarches, d'explications, d'ajustements. Un instinct
viscéral et rageur me poussait même à brusquer les
choses : «Ce que tu as à faire, fais-le et fais-le vite.» J'ai
téléphoné tour à tour à nos deux couples d'amis pour
leur exposer la nouvelle donne. Julie donnait des signes
de souffrance considérable et j'allais demander à la
chimie d'alléger sa douleur. Sans joie, mais parce qu'il
n'existait aucune échappatoire. Les espoirs d'une
remontée de Julie jusqu'à la conscience diminueraient
d'autant et même s'anéantiraient. Chacun de mes mots
revêtait une existence séparée, ma voix blanche trébu-
chait partout et ajoutait à mes explications une ponctua-
tion hachurée et haletante. Je n'eus pas à adopter
l'attitude de celui qui se justifie d'un geste discutable.
Aucun de mes interlocuteurs n'avait de goût pour ce
terrain. Il n'y avait matière ni à blâme ni à remords. Le
choix était cornélien, ils le savaient réfléchi, ils m'offraient sans nuance l'appui de leur amitié. L'âme de
Julie planait sur nous tous.

Avec Maryvonne, ce fut différent. Incertaine de son
terrain en arrivant, elle se réjouit ensuite ouvertement
que j'aie décidé d'abréger le sursis.

« Ça prend du courage, dit-elle, mais vous en avez. »

Toujours prudente, elle me demanda si j'avertirais moi-même la docteure Bouchard. Cela me parut secondaire. L'important, à mes yeux, était désormais ailleurs. Ma décision était prise et elle recevait l'approbation de mes deux conseillères; l'abrutissement de Julie pouvait commencer. Délibérément, je me servais les termes les plus révoltants, emporté par le désir de fermer les issues et d'obturer toutes les échappatoires. Nos amis ne m'avaient pas blâmé, Marie-Estelle et Maryvonne m'avaient devancé dans cette voie, mais le fait était là: l'abrutissement de Julie. Je gardai cependant ces pensées pour moi et laissai à Maryvonne le soin des injections. Elle m'assura, à partir de ses espoirs, je pense, plus qu'en tablant sur des certitudes scientifiques, que Julie sentirait un mieux. Elle s'enquit de mon choix: une dose massive ou une moindre quantité avec évaluation en soirée pour ajuster la posologie? Avec un laconisme dont je contrôlai mal la brusquerie, j'optai pour la dose la plus susceptible d'étouffer toute douleur. Je tus cependant mes motifs. Je le voulais pour Julie. Je le voulais aussi pour ne plus voir personne d'ici la fin de la journée. Maryvonne ne fut pas surprise de me voir quitter la chambre. J'étouffais. De rage, de chagrin, d'impuissance. Julie, beau fantôme, s'éloignait de moi parce que j'en avais ainsi décidé et mon deuil commençait.

Dans la salle de bains, je me vis la figure. La nuit y avait inscrit ses griffures. J'étais exsangue, mais mes yeux, eux, étaient enflés, rougis. Mes pupilles roulaient dans un embrun. Je recueillis de l'eau glacée dans mes paumes réunies et je m'y plongeai le visage. Je me massai les yeux, m'essuyai les méplats. Je n'avais pas repris figure humaine, mais j'arborais sans honte les traces de mon désespoir. Quand je revins près de Julie, Maryvonne achevait de rassembler son bagage.

Je la remerciai de ce qu'elle avait fait et lui demandai d'excuser ma nervosité.

« C'est moi qui devrais m'excuser. Je n'aurais pas dû douter de vous. »

Je lui demandai, au moment où elle quittait la maison, si elle avait objection à ne venir qu'un peu plus tard demain. Cela ne lui causait aucun ennui; elle viendrait seulement à l'heure du lunch. L'injection massive suffirait à faire le pont.

Depuis son départ vers dix heures ce matin, je suis seul avec Julie. Je persiste à lui parler, même si je la sais plus loin que jamais du monde qui nous écrase. Je fais jouer *La Pavane pour une infante défunte*, parce que musique et titre me paraissent convenir et aussi parce que cette pièce, plus que n'importe quelle autre, peut – qui sait? – percer les défenses que l'analgésique édifie autour de Julie.

Une seule décision m'attend encore. Une seule, parce qu'elle répond d'un coup à notre double attente. J'hésite – si peu! – à me la formuler à moi-même, car elle liquide l'optimisme de commande dont j'ai tenté de me remplir à l'instigation de Maurice et surtout de Bérangère. Ce que j'espérais pour Julie est devenu inaccessible. Sa maladie évolue si vite qu'elle n'en a plus, de toute manière, que pour bien peu. Jamais elle ne communiquera avec moi, à moins qu'un sursaut de sa conscience ne la projette hors de son cocon protecteur. Et si cela advient, ce sera, m'ont dit Marie-Estelle et Maryvonne, au prix d'un flamboiement de souffrance. L'optimisme dans ces circonstances n'a plus sa place, n'en déplaise à mon meilleur ami.

Ce qui, en revanche, a sa place et qui occupe même tout notre univers, c'est le sort qui s'abat sur Julie. Elle est, de par la décision cruelle et irrévocable que j'ai été contraint de prendre, exactement dans l'état contre lequel j'ai juré de la prémunir. Julie est réduite à des fonctions vitales élémentaires, vidée de son âme. Elle n'est vivante que si l'on accepte de la vie la définition ignoble que Julie vomissait. J'ai même toutes les raisons de croire aujourd'hui qu'elle prévoyait cette évolution, mais sans cette soudaineté. Si l'accident n'avait pas eu lieu, peut-être, se sachant déclinante, Julie aurait-elle décidé elle-même d'en finir par ses propres moyens. Peut-être m'a-t-elle caché son cancer parce qu'elle me savait prêt à faire le grand saut et qu'elle se préparait mentalement à me proposer un voyage à deux. J'aime cette hypothèse. Même si je ne puis l'étayer. Cela n'a d'ailleurs pas une grande importance, car l'accident a tout changé. Julie ne peut pas me proposer un départ à deux, mais je puis, moi, formuler la proposition et la réaliser. Nous gagnons alors sur les deux tableaux : je donne suite au vœu de Julie et je me suicide comme j'ai toujours voulu le faire. Mieux encore, je meurs sans le remords de laisser Julie me pleurer.

Projet dément? Selon quels critères? Par décision de quels juges? J'entends d'ici la protestation de tous les petits éthiciens autoproclamés et des sociologues que la courbe ascendante des suicides jette dans les transes. On contestera tout dans les décisions que nous prenons, Julie et moi. La vie est l'absolu des absolus. La vie n'appartient pas au vivant, mais à la vie. Le vivant reçoit la vie et la gère; il n'a pas le droit de l'interrompre. La vie est un bien social que diminue chaque mort volontaire. Le romancier que je suis donne aux jeunes et même aux adultes un triste exemple quand il s'arroge le droit de tuer et de se tuer. Que sais-je encore!

On s'empressera aussi de décrire mon geste comme découlant de facteurs statistiquement significatifs dans les cas de suicide : mon alcoolisme, l'accident de Julie, l'état dépressif dans lequel ce drame m'aurait projeté... Tout pour rassurer l'opinion publique : seuls des fous, des malades, des irresponsables, des égoïstes, des déprimés – cela commence à faire beaucoup de monde! – se suicident. Ceux qui s'inclinent devant le caractère sacré de la vie et qui jouissent de leur plein équilibre psychologique, ceux-là, diront les bons bergers de l'opinion, acceptent la vie et la condition humaine. Par définition, je ne serai pas là pour subir ce macabre gazouillis des bonnes âmes, mais je l'imagine trop clairement pour ne pas en être choqué. Dans tous les sens du terme.

Le seul reproche auquel je m'associerais concerne Julie. Autant ma conscience n'éprouve aucun frisson de culpabilité à propos de mon suicide, autant me répugne le meurtre de Julie. À mes yeux, ma vie m'appartient, mais la vie de l'autre est sacrée. La jeune femme qui a obtenu du tribunal la permission de renoncer aux soins médicaux exceptionnels qui la maintenaient en vie, mais qui lui imposaient une vie invivable, avait le droit de désirer la mort. J'aurais préféré qu'elle trouve près d'elle un médecin ou une infirmière assez respectueux de sa volonté pour obéir à son vœu sans mendier l'immunité devant un tribunal, mais je me réjouis que le juge, lui, se soit incliné devant ce choix personnel. J'aurais également souhaité que la Cour suprême autorise le suicide assisté de Sue Rodriguez. Elle ne l'a pas fait et je le regrette. Aucun ordre social ne fait le poids devant la décision prise lucidement par une personne incurable et souffrante. Aucune justice ne doit sévir contre la personne qui aide une personne paralysée et dépendante à quitter l'existence. En revanche, l'euthanasie me pose problème. À mes yeux, Robert Latimer a commis un meurtre en tuant sa fille. Qu'il l'ait fait par compassion, c'est plus que probable, mais qui peut en être pleinement certain?

(...)

J'ai interrompu la rédaction des dernières pages de mon journal pour retourner auprès de Julie. Bien m'en a pris. J'avais à peine pris place près d'elle que Julie a suspendu sa respiration. Exactement comme elle l'avait fait déjà devant Maryvonne et devant moi. Exactement comme si les efforts de Marie-Estelle et de Maryvonne pour contrer la douleur s'avéraient inefficaces. Cela n'a été qu'une fulguration. Assis tout près d'elle, sa main mollement abandonnée à ma main fervente, je lui ai encore et encore dit mon amour. Illogisme? Pas du tout. Si la douleur est révélatrice de conscience, Julie était encore là et il était encore temps que mon amour crie vers elle. Si elle souffrait, je pouvais encore l'assurer que le soulagement s'en venait et que nous traverserions le miroir la main dans la main. Une fois de plus, j'implorai son pardon au cas où, malgré la sincérité de mon écoute, j'aurais mal compris sa pensée. Je ne sais combien de temps j'ai attendu et parlé. L'émotion mouillait mes paroles et les joues de Julie luisaient de mes baisers et de mes larmes. Rien. La douleur semblait avoir reculé. La conscience aussi.

J'ai fermé les portes de toutes les pièces autres que la cuisine et notre chambre. J'ai transporté mon ordinateur sur la petite table près de notre lit. J'ai ensuite ouvert à fond les manettes de la cuisinière au gaz. J'espère terminer mon ultime travail d'écriture avant que l'odeur nous rejoigne. Au premier indice de somnolence, je m'étendrai près de Julie.

Je reprends à la mention de Latimer. Oui, il a commis un meurtre et ce n'est pas en émasculant le mot qu'on édulcorera le geste. Il n'y aurait donc pas d'autre mot que celui-là pour désigner le mécanisme meurtrier que je viens de mettre en marche? Non, je n'en vois pas d'autre. Suis-je donc un meurtrier? Qu'on note mes aveux. Suis-je en train de bafouer les convictions que j'ai entretenues et professées toute ma vie? C'est là, j'espère, que se séparent le chemin de Latimer et le mien. Certes, nous avons beaucoup en commun : face à une souffrance qui refuse d'abdiquer devant la chimie, une même propension à placer la dignité de la vie au-dessus d'une existence avilie. Peut-être Latimer partage-t-il avec moi une grande indifférence à l'égard du jugement des autres, qu'il s'agisse du verdict judiciaire ou des verbeuses leçons de toutes provenances. Je ne sais. Je sais, en revanche, qu'en commettant mon meurtre je suis guidé par Julie, que j'obéis le plus fidèlement possible à ses valeurs. Je doute que Latimer puisse prétendre au même motif.

L'odeur est perceptible. Je ne note aucun changement sur le visage de Julie et je ne ressens aucune somnolence. Je ne sais rien du temps requis pour sombrer dans l'inconscience, mais j'ai réduit à rien les risques d'une intervention extérieure en retardant la visite de Maryvonne. Mieux vaut que ce soit elle, habituée à la mort, qui fasse, comme disent les scribouilleurs, la macabre découverte.

Ma décision a également ceci de différent. Elle préserve à jamais le secret de Julie, peut-être aussi le mien. C'est forcément à moi qu'on imputera la décision. On continuera d'ignorer, même chez nos amis les plus intimes, ce qu'avait exigé Julie et que j'avais promis d'accomplir. Quant à mon suicide, une version édulcorée s'accréditera: je ne pouvais vivre sans Julie et j'avais décidé de la suivre dans la mort.

L'amour a-t-il donc le droit de soustraire ses fidèles aux règles qui gouvernent la vie et la mort? Je le crois. Je m'octroie le rôle de l'Être suprême? Non. Ni ce rôle-là, que j'estime vacant, ni même celui d'un protestataire. À ceux qui chantent «Il faut tenter de vivre», je réponds que la vie qui n'est plus la vie n'a aucun droit sur les humains.

Je regarde Julie. L'odeur s'est nettement alourdie depuis tout à l'heure. Comme si elle avait d'abord couru au ras du sol et lançait sa marée montante à l'assaut de toute vie. Julie respire et absorbe la mort. J'en fais autant. Lequel de nous mourra le premier? Comment prévoir? Il se peut que ce soit moi, car je respire à pleins poumons, tandis que Julie, minuscule et déjà amortie par les analgésiques, ne gonfle guère sa cage thoracique. Si cela advient, j'aurai obtenu de précéder Julie dans la mort, mais j'aurai tenu mon engagement. L'hypothèse inverse pourrait m'inquiéter si je ne nous avais pas ménagé une aussi longue période de parfait isolement.

Je pense, dans mon cerveau qui s'embrume, à cette légende au sujet d'Héloïse et Abélard. Celui-ci, sanctionné pour avoir trahi ses vœux par amour pour la belle Héloïse, meurt le premier. On l'enterre. Héloïse se retire au couvent et expie son péché par une longue vie de prière et de méditation. Lorsqu'elle meurt enfin à son tour, on l'enterre auprès d'Abélard. Le squelette d'Abélard se serait alors tourné vers le cadavre d'Héloïse pour le serrer dans ses bras. Cette image fera partie de mes dernières pensées quand, dans un instant, je m'étendrai près de Julie dans ce lit rigide comme la condition humaine pour y mourir à son côté.

Julie. Ma vie et ma mort. Tu laisses derrière toi un sillage de beauté, de goût, de sincérité. Je laisse pour ma part une poignée de récits et de romans dans lesquels ceux qui savent lire retraceront l'obsession de la mort et même l'attrait qu'elle exerce depuis toujours sur moi. Depuis ton accident, j'ai cessé de travailler sur mon projet de roman. Je savais que je ne le terminerais pas. Je me suis plutôt consacré à toi, à notre amour, à la relation de nos derniers jours. Quelqu'un lira-t-il ces pages? Quelle importance? Des vies s'éteignent et ce qu'on appelle la vie continue sans broncher. Pourquoi nos agonies entreraient-elles dans les annales?

Mes doigts commencent à hésiter sur les touches familières et je dois constamment revenir en arrière pour éliminer les coquilles que je vois. J'aurai été jusqu'à la fin un vieux toqué! Mieux vaut ne plus m'entêter.

Julie, je viens te retrouver. Ma vie, qui a commencé à ton apparition sur mon parcours, se termine sur une réussite inespérée. C'est ce que je voulais : tant t'aimer que je puisse, par amour, tout t'offrir, jusqu'à l'immolation de mes propres valeurs. Que je puisse t'aimer, meurtre inclus.

DISTRIBUTEURS EXCLUSIFS

Distributeur pour le Canada et les États-Unis
LES MESSAGERIES ADP
MONTRÉAL (Canada)
Téléphone : (450) 640-1234 ou 1 800 771-3022
Télécopieur : (450) 640-1251 ou 1 800 603-0433
www.messageries-adp.com

Distributeur pour la France et autres pays européens
HISTOIRE ET DOCUMENTS
CHENNEVIÈRES (France)
Téléphone : 01 45 76 77 41
Télécopieur : 01 45 93 34 70
www.histoire-et-documents.fr

Distributeur pour la Suisse
TRANSAT S.A.
GENÈVE
Téléphone : 022/342 77 40
Télécopieur : 022/343 46 46

Dépôts légaux
1er trimestre 2005
Bibliothèque nationale du Canada
Bibliothèque nationale du Québec